U0106157

老鼠記者 Geronimo Stilton

穿越時空鼠1
穿越侏羅紀

作　　　者：Geronimo Stilton　謝利連摩・史提頓
譯　編　者：董斌
責任編輯：胡頌茵
中文版封面設計：蔡學彰
中文版內文設計：劉蔚　羅益珠
出　　　版：新雅文化事業有限公司
　　　　　　香港英皇道499號北角工業大廈18樓
　　　　　　電話：(852) 2138 7998
　　　　　　傳真：(852) 2597 4003
　　　　　　網址：http://www.sunya.com.hk
　　　　　　電郵：marketing@sunya.com.hk
發　　　行：香港聯合書刊物流有限公司
　　　　　　香港新界大埔汀麗路36號中華商務印刷大廈3字樓
　　　　　　電話：(852) 2150 2100　傳真：(852) 2407 3062
　　　　　　電郵：info@suplogistics.com.hk
印　　　刷：C & C Offset Printing Co., Ltd.
　　　　　　香港新界大埔汀麗路36號
版　　　次：二〇一九年四月初版

親愛的鼠迷朋友，
歡迎來到老鼠世界！

謝利連摩·史提頓

Geronimo Stilton

老鼠記者 Geronimo Stilton

穿越時空鼠 ①

穿越侏羅紀

謝利連摩 · 史提頓
Geronimo Stilton

新雅文化事業有限公司
www.sunya.com.hk

這就是我和我的家鼠們，
當然，還有伏特教授。

謝利連摩·史提頓

親愛的鼠迷朋友們：

　　我的名字是史提頓，謝利連摩·史提頓。你們現在閱讀的是我的旅行日記。

　　伏特教授邀請我和我的家鼠們，和他踏上一場不同凡鼠、獨一無二、精彩絕倫的穿越時空旅行，我們探索歷史秘密的旅程就這樣開始了。

　　你們想知道我們去了哪裏嗎？

　　那趕快來閱讀我的精彩故事吧！

謝利連摩·史提頓
12 月 8 日

⟨ 人物介紹 ⟩

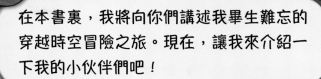

在本書裏，我將向你們講述我畢生難忘的穿越時空冒險之旅。現在，讓我來介紹一下我的小伙伴們吧！

菲·史提頓

菲，我的妹妹，她活潑好動，有着用不完的精力。她是我經營的《鼠民公報》的特約記者。

班哲文·史提頓

班哲文，我的姪子。他溫柔體貼，聰明伶俐，惹人喜愛，是世上最可愛的小老鼠！

賴皮·史提頓

賴皮的性格真是讓人無法忍受！他總愛開我玩笑，並且樂在其中。不過，看在他是我表弟的分上，我還是很愛他的！

伏特教授

伏特教授是一位天才發明家，他總是在進行各種古怪的科學實驗。這次旅行中搭乘的時光機，就是他的傑作！

目錄

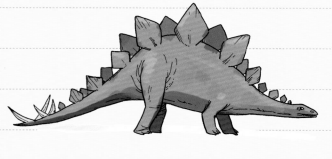

謝利連摩！請你速速前往鼠眼廣場，在那裏乘坐17號電車，然後在第7站下車。

下車後，請你直行到紅綠燈處，在第二個路口左拐，接着在第三個路口右拐，然後在第一個路口再左拐……

穿過橋之後，請你朝着斯普茲洛牌葛更左拉乳酪的廣告牌繼續前進。你要走23步半，記着，一定要數好你的步伐！

然後，請你沿着電話亭的方向再邁14步，這時在你面前的牆上就會出現一個時鐘。轉過身，背對着鐘錶再走7步，你就會來到妙鼠薄餅店……走進薄餅店，從店裏洗手間的小窗戶跳出去，翻過後面的矮牆……接着，徑直向妙鼠鞋店步行30秒，請記住，不多不少正好30秒！

轉過街角繼續向前走，一直走到掛着「**此路不通**」警告牌的黑色小門前。

然後，用我給你的鑰匙打開門，鑽入門後的小巷子。你在第一個路口右拐，接下來在第二個路口左拐，然後在第三個路口右拐。當你進入一個院子之後請轉彎，一直走到垃圾箱前面，跳進去，然後……

記住：請你務必將這些步驟清楚地背下來，然後銷毀這封信！不要對任何鼠提起這件事！這是一個重要的秘密！

我興奮地吱吱叫起來：「以一千塊莫澤雷勒乳酪發誓！」

我拿起放大鏡，把這封信仔細地重讀了一遍。

「不過，呃⋯⋯萬一這只是個惡作劇呢⋯⋯」我不得不承認，這個信件的任務讓我好奇不已。

我考慮了幾分鐘，鬍鬚也因為激動而不住地顫抖。最後，我拿定主意，把信上的內容背了下來，並把信紙撕得粉碎。在沒有告知任何鼠的情況下，我從辦公室悄悄地溜出來，一路小跑到街角，穿過大大小小的街道，最終乘搭上了 *17號電車*。

嚇得鬍鬚直豎

　　和往常一樣，**17號電車**上擠滿了鼠民，**鼠頭湧湧**。我一面穿過熙來攘往的上班族，一面凝視着妙鼠城，這座屬於老鼠的城市慢慢睜開了睡眼。

　　我在電車上透過窗户向外瞧。

　　白雪覆蓋下的妙鼠城可真美呀！

　　房子的屋頂就像是潔白的枕頭，樹木像鑲上了銀邊，城市彷彿披上了節日的盛裝。

　　我沉浸在思緒中，差一點錯過了第7站。

　　電車車門發出刺耳的「**吱嘎，吱嘎**」聲，然後打開了。

　　雪下得越來越大，能見度很低，我只能看到附近的景象。我擦掉鏡片上的白霧，努力回想着那封神秘來信的內容。

哈，我想起來了！我應該繼續往前走，一直走到**紅綠燈**那裏！接着，我在第二個路口左拐，再在第三個路口右拐，到第一個路口左拐。穿過**橋**，朝着斯普兹洛牌**葛更左拉乳酪**的廣告牌走了23又$\frac{1}{2}$步。

沿着**電話亭**的方向再走14步，啊哈，我果然看到了那個**時鐘**！我接着又走了7步，果然來到了妙鼠**薄餅店**。

　　我走進薄餅店，老闆對我眨了眨眼，這看起來有點不對勁！我徑直走進**洗手間**，從小窗户跳出來，翻過後面的矮牆。

洗手間

我向**妙鼠鞋店**走了不多不少正好30秒。轉過街角，我找到了掛

此路不通着警告牌的黑色小門。我拿着那把神

秘的**鑰匙**打開門，鑽進門後的小巷子。接着，在第一個路口右拐，第二個路口左拐，第三個路口右拐。最後，我來到了一個院子裏。

在那裏我發現了一個大型垃圾收集箱。我打開垃圾箱的蓋子，咕吱吱，真是**臭氣沖天**啊！我捂住鼻子，跳了進去，垃圾箱的底部立刻塌陷下去。就這樣，我跌落到一條似乎沒有盡頭的**黑暗**隧道裏。我扯破喉嚨大聲呼喊：

救命啊！！！救命啊！救命啊啊！救命啊！！！救命啊！救命啊啊！

四周一團漆黑，我好像被一隻**饑腸轆轆的貓**吞到黑漆漆的胃裏去。

我不停地**往下墜**。這樣的狀態持續了幾秒鐘、幾分鐘，還是幾小時？我心裏也沒有答案。我只知道在某個時刻，我突然撞到了一塊非常有彈性的軟墊上，被彈了起來。**咚！**

突然，一個大鋼鉗把我吊了起來。我聽到一個**機械**人的聲音不斷重複着說：

到底是不是他？到底是不是他？到底是不是他？到底是不是他？到底是不是他？到底是不是他！

一個小型機械人快速滑到我身邊，皺起鼻子對我亂聞一通，「咻溜⋯⋯咻溜咻溜咻溜！」

之後，它才確認：「就是他⋯⋯滋滋滋⋯⋯謝利連摩·史提芬⋯⋯滋滋滋⋯⋯就是他⋯⋯謝利連摩·史提芬⋯⋯

雖然我懸在半空中，但我還是**掙扎**着抗議道：「我的名字是史提頓，*謝利連摩·史提頓！*」

大鋼鉗一下子鬆開了，牆上掛着的銅鑼被震得直響！

「嗡嗡嗡嗡嗡嗡嗡嗡嗡嗡嗡嗡！」

我的鬍鬚被**嚇得豎起來**⋯⋯尾巴也跟着**顫抖**⋯⋯整個腦袋裏全是「**轟隆隆**」的聲音。

我感覺我要被**震聾**了！突然，一扇小門打開了，裏面探出來一張我再熟悉不過的臉。

「**伏特教授！**」我驚訝地說道。

「*謝利連摩·史提頓！*」他也驚喜地大聲回應。

21

穿越時空的公式

在我的著作《老鼠記者9：地鐵幽靈貓》那次冒險之旅中我遇見了伏特教授，從那時起我們就成為了朋友。

伏特教授多年來從事**神秘**的科學實驗，為了不讓別人發現他的秘密，他常常**搬遷**實驗室的位置。最初，他在妙鼠城的地下實驗室工作，之後遷到北極的水底下，最後又躲到冰天雪地的高山裏……

如果我沒猜錯，他這次叫我過來肯定是有事相求。「謝利連摩，你是一位真正的『*紳士鼠*』，我只相信你！」他熱情地擁抱了我：「我的新實驗室看起來怎麼樣，*謝利連摩*？」

伏特教授

　　我一邊摸着自己受傷的臉，一邊環視四周，這個地下實驗室的設備真齊全。房間裏擺放着一個工作台，上面的各種燒杯、試管和玻璃蒸餾器裏裝滿了**五顏六色**的古怪液體。這些液體不斷沸騰着，同時散發出**奇臭無比**的蒸氣。我還注意到一些零散的紙片，上面寫滿了一些草圖和科學公式。

　　「謝利連摩，那封**神秘**來信是我發給你的，我得保證其他鼠不會追蹤到這裏！我進行的**實驗**都要高度保密……」

　　「是的，教授，這一點我很清楚！」

　　「很好。謝利連摩，我的實驗成功了！我**發明**了一個不得了的**機器**……」

　　「一個機器？」伏特教授點了點頭：「是的，一個機器，它可以帶我們踏上一場

穿越時空旅行！」

　　他的手爪指了指一個藏在一張很大的布幕下的**神秘物體**。

23

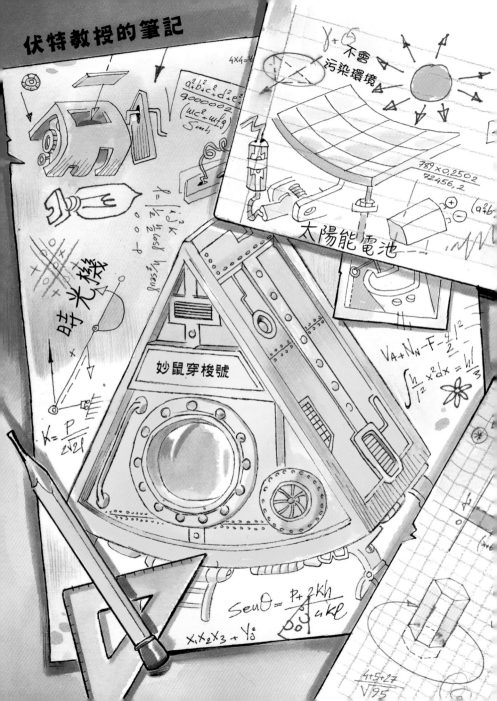

請按這裏開門

時光機

妙鼠穿梭號

　　他把布幕掀開，我看到了一座用**黃銅**製造的時光機，它的形狀像一塊巨型的乳酪，上面還刻着「妙鼠穿梭號」。

　　伏特教授向我解釋道：「這個機器能帶我們**前往未來**，也可以**回到過去**。我們可以在各個**平行世界**中任意穿梭，就像鑽進了**莫比烏斯帶**一樣……」

莫比烏斯帶

　　說着，他向我展示了一條奇怪的雙色紙帶。

　　我仔細瞧了瞧時光機的內部構造，它的整個機身由**亮閃閃**的黃銅製成，通過堅固的螺絲釘完美地接合起來。

　　我又看到時光機的裏面擺放着五把扶手椅，看起來有點像看牙醫時坐的椅子，不同的是它們上面配有**安全帶**。

目的地
年　月　日

時光儀

　　在時光儀上設定好時間和目的地就可以出發啦！

27

在**時光儀**的旁邊，有一個顏色奪目的紅色大按鍵，上面寫着……

請按鍵出發

出發

按下之前，
請務必要三思三思再三思！

伏特教授**興奮**地繼續說道：「謝利連摩，你知道阿爾伯特·愛因斯坦的**相對論**嗎？呵，他真是一個偉大天才，物理學界的巨人！

阿爾伯特·愛因斯坦

（Albert Einstein，1879—1955）

愛因斯坦是一位德國物理學家，他以完全不同的方式理解宇宙，提出了許多革命性的理論，改變了我們對宇宙的看法。相對論以新的理論來說明宇宙、時間和物質的性質。愛因斯坦的發現開闢了理論物理學的新時代。

神奇的莫比烏斯帶

　　神奇的莫比烏斯帶這個有趣的小實驗會讓我們加深對三維空間和平行世界的認識。莫比烏斯帶是由德國數學家奧古斯特·費迪南德·莫比烏斯（1790—1868）發現的。∞代表了莫比烏斯帶的形狀，它也是一個數學符號，代表無限大的數值。小朋友，你也一起來製作一個莫比烏斯帶吧。

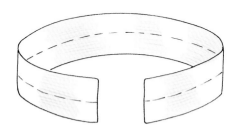

請準備一張紙條，然後在紙條的兩面分別塗上不同的顏色。

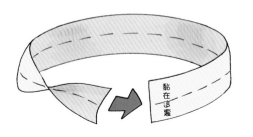

把紙條的一端扭半圈，然後用膠水或膠紙把紙條的兩端黏起做成紙帶。

然後，你看一下，紫色的那面在紙帶的內側還是外側？黃色的那面呢？其實這並沒有絕對的答案。

黏在這裏

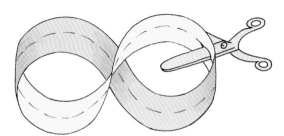

利用剪刀把紙帶從中線剪開……神奇的事情出現了！
紙帶變得更長了，真是神奇啊！

「我一直在不停思考琢磨愛因斯坦提出的公式：

$$E=mc^2$$

能量＝質量×光速的二次方

有一天晚上，我正在泡**熱水澡**。在浴缸裏，我突然想到了一個絕妙的主意！我泡在浴缸裏，飛快地啃食着**手爪**中的乳酪。我啃得是那麼快，以至一眨眼的工夫乳酪就消失不見了，換句話說，**乳酪**轉移到了另一個空間——來到了我的胃裏，嘿嘿！我不由得思考起來：乳酪……啃食……速度……最終得出這個公式：

我想到了！

$$E=mC_{vsr}^3$$

能量 ＝ 乳酪的質量 × 老鼠啃食速度的三次方

真不知道該拿他怎麼辦。我微笑着說：「那好吧，**我的小可愛**。你跟我們一起去！」

「謝謝你，我的好叔叔，謝謝！！謝謝！！！我愛死你了！你是這世界上最好的叔叔！」

「我也愛你，小可愛。」

我掛掉電話，陷入了思考。我和菲、賴皮，還有班哲文，曾經一起揚帆起航前往遙遠的國度探險，一起在荒島上挖掘寶藏，一同登上最高的山峯，我們這支隊伍之所以堅不可摧，是因為我們**各有所長，能取長補短**。

沒什麼能夠阻止我們史提頓家族的腳步！

半個小時後，我聽到銅鑼響了起來。原來菲、賴皮，還有班哲文已經來到了。

我聽到銅鑼響了起來……

當啷 當啷 當啷 當啷 當啷 當啷 當啷 當啷 當啷 當啷 當啷 當啷 當啷 當啷 當啷 當啷 當啷 當啷 當啷

恐龍的盤中餐

伏特教授打開他的小**冰箱**拿東西，說：「這瓶乳酪我保存了很多年，就是為了今天這個特別的時刻。」

我的表弟打量着這瓶**乳酪**，彷彿自己是一位鑒賞乳酪的大師。

「難道這瓶就是**羅克福乾酪1958**，極品乳酪中的極品？！這可是陳年乾酪，連**鬍鬚**上的殘渣都不能浪費掉哦！

菲拍下了我們的合照。

恭喜啊教授，你真有眼光！」

班哲文向伏特教授伸出 **手 爪**，菲拍下了一張他們握手的合照。

接着，伏特教授對我們講解旅行安全守則：

「**要牢記的第一點**：設定好時光儀，按下椅子扶手上的按鈕之後，我們就可以 **出發** 啦。要注意，輸入的日期和目的地必須準確無誤，不然我們很可能在時空中迷失方向！」

我嚇得哆嗦了一下。

以一千塊莫澤雷勒乳酪發誓，我一定會小心再小心！我可不想在時空之中迷失方向！

教授從口袋裏掏出一個小盒子：「**要牢記的第二點**：為了免受旅程中的噪音之苦，你們還需要帶上耳塞。你們當中有誰暈機浪嗎？」

賴皮嘻嘻笑起來：「謝利連摩暈機、暈船，還暈火車、巴士和的士，哈哈哈哈哈！」

「呃……謝利連摩，你不用擔心，只要 **60** 秒，我們就會着陸！一秒不多，一秒不少。

「**要牢記的第三點**：我們萬萬不可修改過去的歷史，因為這會改變未來的事情發展，造成可怕的後果！

「**要牢記的第四點**：一定要隨身攜帶我寫的《穿越時空旅行求生手冊》。這裏面提供了很多時空旅行中有用的信息，關鍵時刻說不定能救你們一命！舉個例子，如果遇到恐龍，你們要做的第一件事是什麼？」

旅行必備用品：

指南針　　　　　多功能小刀　　　　急救箱

火柴　　　　　針線

釣魚線　　　　　水　　　　睡袋和軟墊

乳酪

巧克力　　　乾糧

他翻開 手冊：「首先要根據手冊弄清楚，牠是草食性恐龍還是肉食性恐龍！如果是肉食性恐龍，那就要逃跑！**馬上拔腿跑！**」

《穿越時空旅行求生手冊》

我有預感，這本手冊一定會大賣到斷市。

「教授，你說得太有趣了！我很樂意幫你出版這本求生手冊。」

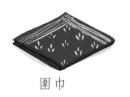

圍巾

襯衫

內褲

後備眼鏡

牙膏和牙刷

梳子

襪子

香皂

39

伏特教授鬍子下露出一絲微笑：「當然可以，等我們回來再談這件事，謝利連摩。」

讓我們一起來追尋恐龍滅絕的原因！

接著，伏特教授一臉嚴肅地宣布：「在這趟神祕的穿越時空旅行中，我們要去的第一站是史前時代。」

　　我把塑料文件袋塞進口袋裏。文件袋裏，裝有一支筆以及我的旅行日記本，這樣我就不會忘記這次非凡冒險之旅中的任何細節了！

　　賴皮憂心忡忡地嘟噥着説：

「哎！天知道我們能不能安全回來！天知道我們會不會成為恐龍的盤中餐……對啦，謝利連摩，説到時間我有一個簡單得不能再簡單的小問題，還要向你請教。請問：一年12個月中，多少個月有28天？*」

　　我試着回答：「呃，只有1個吧……2月！」

　　賴皮大笑起來：「我就知道你猜不出來！算啦算啦沒關係，不指望你解難題！答案其實很簡單，嘩啦嘩啦嘩啦嘩！」

*答案：一年中的每個月都有28天！

詭異的藍霧

我鑽進時光機的機艙，向表弟賴皮問道：「請你把**指南針**、**計時器**，還有**急救箱**給我帶上來好嗎？」

賴皮又開始整蠱做怪，像雜技演員一樣把這三件東西拋到空中。

「噗啦噗啦噗啦！謝利連摩，問你一個非常簡單、非

噗啦噗啦！

噗啊啊啊！

常簡單的小問題，請問：一輛電動電單車以每小時100公里的速度向北行駛，而風以每小時25公里的速度從西面吹過來，那麼電單車冒出的煙朝着哪個方向？速度又是多少？*」

我試着分析：「呃，說的是……100……25……冒出的煙……速度……是吧？」

賴皮發出嗤笑：「我就知道你猜不出來！沒關係，不指望你解難題！答案其實很簡單！」

就在嘲笑我的時候，賴皮絆到自己的尾巴，摔了一跤，手爪中的指南針砸到了儀錶盤，「**啪嚓！**」

計時器砸到了我的腦瓜，

「**哐嘟！**」機艙的舷窗被急救箱砸中，突然關閉，「**咕隆！**」

我嚇得大叫：「哎呀呀！」

我一臉**驚恐**，突然意識到飛砸過來的指南針已經啟動了**時光儀**。

我企圖從艙室裏跳出來，但是……已經來不及了！

「妙鼠穿梭號」開始旋轉上升，而且速度越來越快。我聽到刺耳的轟隆聲，突然明白了為什麼伏特教授建議我們帶上耳塞！

詭異的**藍霧**漸漸充滿了時光機，這時，我聽見很重的一聲悶響：

「轟隆隆隆隆隆隆隆！」

忽然，「妙鼠穿梭號」停止了運行。我緊緊抓住椅子的扶手，根本不敢動彈，頭也暈得不行，彷彿裏頭有蝴蝶在胡亂飛舞！

我焦慮地呼喚着：「菲？賴皮？班哲文？伏特教授？」

沒有任何回應。

我靜靜等待着，心裏越來越着急。

我小心翼翼按下按鈕，打開機艙的舷窗，探出頭向外看，結果……

我

吃驚

到

無法

呼吸！

穿越時空旅行

侏羅紀時期
2 億年至 1 億 4,500 萬年前

始祖鳥
Archaeopteryx

腕龍
Brachiosaurus

魚龍
Ichthyosaurus

橡樹龍
Dryosaurus

喙嘴翼龍
Rhamphorhynchus

梁龍
Diplodocus

劍龍
Stegosaurus

角鼻龍
Ceratosaurus

知多一點點：
恐龍時代

恐龍： 意思是「恐怖的蜥蜴」。大約2億3,000萬年前，恐龍出現在地球上生活，成為了陸地的霸主；到了大約6,500萬年前，恐龍突然從地球上消失滅絕了。

肉食性恐龍： 只吃肉的恐龍，牠們的行動靈敏迅速，會捕獵體形較小的動物。

草食性恐龍： 只吃植物的恐龍，牠們會吃樹葉、青草和灌木。最大的草食性恐龍每天甚至可以吃掉數以噸計的植物。草食性恐龍的數量比食肉的恐龍多。

雜食性恐龍： 會吃肉和植物的恐龍。

白堊紀： 1億4,500萬年至6,600萬年前的史前時期。這個時期，木蘭等開花植物出現並大量生長，天上飛着翼龍，地上爬着鱷魚、烏龜等爬行動物。

侏羅紀： 2億年前至1億4,500萬年前的史前時期。這個時期氣候炎熱多雨，森林裏長滿了蕨類植物、鐵樹、銀杏樹和巨大的針葉樹。魚龍類和蛇頸龍佔據了海洋，爬行動物是陸上的霸主，會飛的爬行動物成為空中的主宰。

翼龍： 一種會飛的爬行動物，不屬於恐龍類別。

就算失去了勇氣，
也不要害怕……
吃一點乳酪，
試着吹起口哨吧！
世上一切的問題
都有解決的辦法……
開動腦筋用心想，
自己就能找到它！

在這樣的時刻，她總是會輕輕親地吻我，總是會給我拿來一小塊乳酪。想到這裏，我歎了口氣。小時候，我經常問她：「姑媽，乳酪能驅走恐懼嗎？」她總是會微笑着回答：「不能啊，我的小寶貝，但是乳酪的味道太美好了！」

我又歎了口氣。啊，麗萍姑媽！

也許，每隻小老鼠在成長中都會有這樣一位溫柔的姑媽吧！

哎，吃一點乳酪說不定是個好主意。

我啃了一點軟乳酪，大聲給自己鼓勵：「沒問題，我可以做到！」

我又重複了好幾次：「是的，我可以做到的！」

我可以做到！我可以做到！我可以做到！

我重拾勇氣，打開了舷窗。

我挺起胸膛，深呼吸一口氣，從機艙裏出來，然後走進了史前森林。

那裏環境潮濕，在灼熱的太陽下，天氣非常酷熱，於是我在日記裏寫下：「我走在侏羅紀時期潮濕又茂盛的雨林裏，隻身一鼠！」

無論怎樣，我都不能跑得太遠，「妙鼠穿梭號」可是帶我回家的唯一希望了。

不久，我撓了撓被大太陽曬紅的腦袋：「咕吱吱，侏羅紀時期的天氣，真是熱得可怕！」

咕吱吱，救命啊！

這時，我的頭頂上突然出現了一大片陰影。

我頓時鬆了一口氣：「**太好了**，雲朵飄過來了！我感覺涼爽多了……」

我抬起頭想**看看**天空，可就在此時，一隻

喙嘴翼龍用爪子逮住我，把我抓走了！

不想變成恐龍的點心！

「**救救我呀！！** 放我下來啊！！！」翼龍在空中飛來飛去，嘎嘎直叫，我嚇得要死，也發出吱吱的尖叫：「**以一千塊莫澤雷勒乳酪的名義發誓！**」

現在我被翼龍捕獵到空中，身體確實變得涼快了，可是我也被**嚇得**冒出一身冷汗。

吧唧！

吧唧！

原鱷
Protosuchus

大眼魚龍
Ophthalmosaurus

翼龍抓着我在湖面上滑翔。在湖水的微波中，我不時能看到水中游着長得像海豚的大眼魚龍*追逐我們。湖岸上爬着一羣原鱷（看起來像鱷魚），牠們仰起頭，盯着我們看，張開血盆大口：「吧唧！吧唧！吧唧！」

我向翼龍大聲高呼：「放開我！快放開我！」

然而，這些巨大的飛禽猛獸就是不肯放了我。

我突然有了主意：撓癢癢！

就這樣，翼龍鬆開了我，我摔到了一個柔軟的東西上，然後又被彈了起來。

我揉了揉我的屁股和尾巴，心想：「得救了！！呃，我到底掉到哪兒去呀……」

然後，我轉頭望去，竟發現兩隻貪婪的黃色眼睛死死盯着我！

「吱吱吱吱吱吱吱吱！」我驚恐地呼喊起來。

「嗷嗚！吼吼！吼吼吼！吼吼吼！吼吼！吼吼吼！吼吼！吼吼吼

*魚龍和原鱷都是爬行動物，不屬於恐龍類別。

我拼命地回想：「是異特龍……牠是**草食性**還是**肉食性**？**草食性**還是**肉食性**？」

牠齜牙咧嘴，張大嘴巴，露出**鋒利**的牙齒。

我記起來了——異特龍是**肉食性恐龍**！我扯破喉嚨大叫：「我不想變成異特龍的點心啊！救命啊啊啊啊啊啊啊！」

我使出全身力氣**跑**進森林，而這隻被激怒的爬行動物張着大嘴，在我身後窮追不捨。

我可不想成為

在追逐時，牠碩大的爪子震得大地**抖動**。

我絕望地跑啊，跑啊，**跑到**一堵巨大的樹椿前，我無路可逃了！

異特龍離我越來越近，牠的小眼睛流露着陰險狡詐。雖然，牠

異特龍的開胃菜啊！

肚子很餓⋯⋯我只能祈求牠不會喜歡吃**老鼠肉**！

牠抬起腳邁了一步⋯⋯一步⋯⋯又一步⋯⋯

突然，我聽到另一隻恐龍的咆哮：嗷吼吼**吼吼吼吼吼吼**

又來了一隻恐龍！牠流着口水，目不轉睛地盯着我，朝我飛奔而來——這是一隻斑龍！

我藏在樹樁後面，拼命將自己**縮成一團**。

有什麼比遇到**一隻**肚子餓的恐龍還要糟糕？那就是遇到**兩隻**肚子餓的恐龍！

這兩隻恐龍對峙着，牙齒磨得咯吱作響，接着發出恐怖至極的怒吼：「喀呀呀呀呀呀呀呀呀呀呀呀呀呀呀呀呀呀！！！」

嗷吼吼吼吼吼吼吼吼吼吼吼吼吼吼吼吼吼吼

恐龍檔案

斑龍
MEGALOSAURUS

分類和生活時期：獸腳類，生活在侏羅紀後期

食性：肉食性

發現化石的地方：英國、歐洲、南美洲、亞洲

大小：身長約9-12米

特徵：名字有「巨大的蜥蜴」的意思。下顎的咬合力很強大，可咬碎骨頭；前肢短小，後肢強壯結實，但是不能跑得很快。

62

「喀呀呀呀呀呀呀呀呀呀呀……」

「嗷吼吼吼吼吼吼吼吼吼吼吼吼吼吼吼吼吼吼吼吼吼吼吼吼吼吼吼！」

「喀呀呀呀呀呀呀呀呀呀呀呀呀呀呀呀呀呀呀呀！」

「嗷吼吼吼吼吼吼吼吼吼吼吼吼吼吼吼吼吼吼吼吼吼吼吼吼吼吼吼吼吼！」

我用盡全力跑向「妙鼠穿梭號」，縱身鑽入，緊接着「砰」的一聲關上舷窗。

這兩頭野獸大力**搖晃**着時光機，想把我逼出來：嗷吼吼吼吼吼吼吼吼吼吼吼吼吼！

突然，**時光儀**啟動了，發出了嗡嗡聲。咕吱吱，我又要啟程了……不過這次它會把我帶到哪裏去呢？

「嗷吼吼吼吼吼吼吼 吼吼吼吼吼吼吼吼吼吼吼吼吼」

轟隆隆隆隆隆隆隆隆隆隆隆隆隆隆！

家，再也回不去了

「妙鼠穿梭號」時光機艙內的蜂鳴器響，警示燈號閃爍，它在急速旋轉了一陣之後，終於停了下來。**時光儀**上顯示着：

6,600萬年前
白堊紀時期

我從半開的艙窗鑽出去⋯⋯原來，我仍身處在**史前時期**，不過外面的景象發生了改變：我來到了**白堊紀**！

我沮喪地一屁股坐在三角龍的**頭骨**上。

「先是被翼龍捕獵到天空中，接着又差點成為異特龍的點心，在我身上還會發生⋯⋯**更糟糕的事情嗎**？？？」

白堊紀時期
1億4,500萬年至6,600萬年前

無齒翼龍
Pteranodon

牛角龍
Torosaurus

櫛龍
Saurolophus

古巨龜
Archelon

馳龍
Dromaeosaurus

艾伯塔龍
Albertosaurus

豪勇龍
Ouranosaurus

鷺
Heron ancestor

胄甲龍
Panoplosaurus

我聽到一陣沙沙聲，轉過身正好看見「妙鼠穿梭號」不停地旋轉着，彷彿變成了一個旋渦。

　　過了一會兒，「妙鼠穿梭號」竟**消失**了，唯一能看到的就是它在草地上留下來的壓痕。

　　我抽泣起來：「還真的發生了**更糟糕的情況！**沒有了『妙鼠穿梭號』，家，我是再也

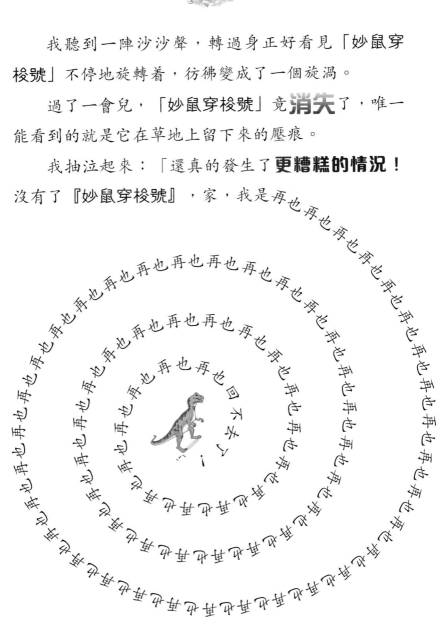

破殼而出

太陽下山的時候，淅淅瀝瀝下起**雨**了！我從**鬍鬚**尖到尾巴渾身濕透了。我拿着一塊**銀杏葉**來擋雨，之後**跑**到一個看似被廢棄的巢穴裏蜷縮起來。

想到我的家鼠們，我不禁傷心地哭起來。我再

也沒機會擁抱**菲**和**賴皮**了吧？哎，還有**班哲文**，我是多麼想念他呀！我想合上眼睛小睡一會兒，可是卻難以入睡。

於是，我翻開教授寫的《穿越時空旅行求生手冊》，借着銀色的月光閱讀起來。就這樣，眨眼間天亮了，我心滿意足地合上了手冊。關於**史前時期**的一切知識，我現在已經瞭如指掌！

突然，我聽到一陣怪聲響：「噠！噠！噠！」

我撥開洞穴裏叢生的葉子，發現了一顆蛋。這顆蛋直徑大約20厘米，象牙白色的外殼上有些紋理，非常精緻。

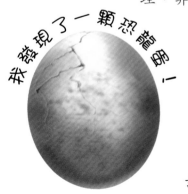
我發現了一顆恐龍蛋！

突然，蛋殼上起了一道**裂縫**，這道裂縫不斷擴大，一個小腦袋從裏面探出來。這個小東西用牠的小**眼睛**盯着我，一副**驚奇**的表情。我趕緊在日記中記下：「**早上**6時25分，見證了一

隻小<u>三**角龍**</u>的誕生！」

　　這個小傢伙叫起來：「嘶嘶！嘶嘶嘶！」

　　我**站**起身。牠也**站**起身！

　　我**撓了撓**腦袋。牠也**撓了撓**腦袋！

　　我**往左**跳了跳。牠也**往左**跳了跳！

　　我**往右**跳了跳。牠也**往右**跳了跳！

　　牠為什麼要模仿我呀？

　　為什麼？為什麼？為什麼？

　　我恍然大悟：這隻小三角龍把我當成了牠的**媽媽**！因為牠破殼而出時，第一個看到的就是我！

嘶嘶！嘶嘶嘶！

多細胞生物　最早的多細胞生物大約於6億7,000萬年前出現在澳洲的埃迪卡拉山地。

三葉蟲　昆蟲　兩棲類動物

三疊紀時期 Triassic Period
2億5,000萬年前至2億年前

犬頜獸
Cynognathus

原美頜龍
Procompsognathus

侏羅紀時期 Jurassic Period
2億年前至1億4,500萬年前

魚龍目
Ichthyosaurus

虛骨龍
Coelurus

劍龍
Stegosaurus

翼龍
Pterosaur

腕龍
Brachiosaurus

白堊紀時期 Cretaceous Period
1億4,500萬年前至6,600萬年前

禽龍
Iguanodon

盔龍
Corythosaurus

暴龍
Tyrannosaurus

三角龍
Triceratop

元古代 Proterozoic Eon
2億5,000萬年前至5億4,000萬年前

古生代 Paleozoic Era
5億4,000萬年前至2億5,000萬年前

科學家們用「代」和「紀」來劃分地球的歷史。恐龍生活在中生代，而中生代又分為三個「紀」：**三疊紀、侏羅紀和白堊紀**。

中生代 Mesozoic Era
2億5,000萬年至6,500萬年前

恐龍大約在中生代時期2億5,000萬年前出現，在6,500萬年前滅絕。

近蜥龍
Anchisaurus

新生代 Cenozoic Era
6,500萬年前至今日

肉食性恐龍的牙齒最長，一顆牙齒可長達30厘米

美頜龍
Compsognathus

暴龍
Tyrannosaurus

美頜龍是最小的恐龍，體形和雞差不多大

擁有最強武裝的恐龍，背上長滿了尖利的骨板！

劍龍
Stegosaurus

副櫛龍是聲音最大的恐龍，頭部長有巨大的冠飾，能發出響亮的聲音

三角龍
Triceratops

副櫛龍
Parasaurolophus

三角龍的樣子最古怪，頭上長着三根巨大的角和荷葉狀的頭盾，嘴巴長得像鸚鵡。

史前恐龍之最

無齒翼龍
Pteranodon

風神翼龍
Quetzalcoatlus

風神翼龍的翅膀最大，如像滑翔機那麼大！

無齒翼龍的牙齒最少，少到一顆也沒有！

薩爾塔龍
Saltasaurus

馳龍
Dromaeosaurus

馳龍的體形較小，但是牠們會成羣結隊進行捕獵！

薩爾塔龍是最狡猾的恐龍，背上長着骨板和尖刺！

梁龍
Diplodocus

梁龍的體形最龐大，身長可長達三十米！

「我不是你的媽媽呀，我只是一隻**小老鼠**，不過這不影響我對你的**愛**。對了，你需要一個名字，你覺得『淘淘』怎麼樣？」

天剛剛亮，這個小傢伙凍得直打**哆嗦**，於是我把牠裹在我的**外套**裏，緊緊抱着牠，自己也在洞穴裏昏昏睡去了⋯⋯

半睡半醒中，我感覺到有東西揪我的尾巴，在我的耳邊大呼小叫：「**草食性**恐龍還是**肉食性**恐龍呀？**草食性**恐龍還是**肉食性**恐龍呀？草食性恐龍還是肉食性恐龍呀？快告訴我呀！！！！！」

史前時档

三角龍
TRICERATOPS

分類：角龍類
生活時期：白堊紀後期
食性：草食性
發現化石的地方：北美洲
大小：身長約8-9米
特徵：牠的頭部很大，頭上長着三根角和荷葉狀的頭盾，嘴巴長得像鸚鵡，過着羣居生活。

晚餐吃什麼？

我嚇得**驚醒**了，只見賴皮在我面前發出一陣怪笑，顯然他對自己的惡作劇頗為得意。

「如果是**肉食性**恐龍的話，恐怕你早就成為牠的**盤中餐**了！」

看到了賴皮，我從沒試過如此**高興**！除了賴皮，伏特教授、菲和班哲文都來了啊！

伏特教授向我解釋説，他通過一個特殊的**遙控器**，緊急召回了「妙鼠穿梭號」。

我懷着那隻怯生生的小三角龍，向教授講述了自己在**侏羅紀**叢林中的冒險經歷。

班哲文和淘淘很快就成了**朋友**。

班哲文與小三角龍成了好朋友！

77

賴皮則心滿意足地盯着淘淘。

「晚餐問題解決了！今晚就吃燉**三角龍**肉！」

我氣得馬上**責罵**他：「誰也不許碰淘淘！牠是我的朋友。我們可以做蔬菜湯的！」

我發現身邊的環境早已發生了變化，畢竟已經過去了數千萬年……

只見我們的周圍有不少**植物**，我能辨認出一些現代的植物，例如：橡樹、木蘭、棕櫚樹，還有睡蓮。**白堊紀**時期的森林裏長了很多開花的樹！

突然，我的表弟一臉興奮，眼睛**眼睛發亮**。他興奮地吱吱叫：「**大蒜大蒜大蒜**！啊，沒有比大蒜夾心麵包更美味的東西了！好，**晚餐**就由我來做吧。」

然後，他從背包裏取出兩片麵包，然後在中間填滿了味道刺鼻的蒜瓣。

他拿着麵包，在我鼻子下面扇了扇風：「想嘗嘗嗎？」

我打了個噴嚏：「你知道我對大蒜過敏的。」

「**乞嚏！**」

鼠命不保！

　　當賴皮在做晚餐時，我、菲、班哲文和伏特教授一起在一棵大樹上搭建了一間小木屋，這樣，史前的毒蛇和地上的昆蟲猛獸就無法攻擊我們了。

　　幾個小時後，我的表弟神秘兮兮地把我叫到了爐火旁，那裏正煮着一鍋香噴噴的湯。

　　「你嘗嘗看，要老實給我評價啊！」

　　我舀了一勺湯，輕輕吹了吹，然後開始品嘗。

巨脈蜻蜓　　　節肢動物

厚蛇

脊索動物

史前的毒蛇和地上的昆蟲

　　賴皮緊張地等待我的回答……

　　「味道如何？」

　　「不錯。」

　　他盯着我問：「你自己感覺如何？」

　　我回答：「我很好。」

他問：「你覺得沒有問題？」

我回答：「當然啦！」

他追問：「真的很好？」

我回答：「哎，是的！」

他又追問：「真的很好？」

我回答：「我跟你說了，我感覺好極了！」

然後，賴皮呼喊：「湯煮好了，大家快過來喝吧！」

我感到不安，問道：「湯裏煮的是什麼呀？」

他得意洋洋地告訴我：「史前小**蘑菇**！」

菲看上去有些疑惑，她拿起的勺子也懸在了半空中：「呃，你怎麼知道這些蘑菇是否**有毒**呢？」

他不假思索地回答：「很簡單，我已經讓謝利連摩**嘗**過了。我可是很小心的！」

我不禁怒吼：「你這個壞蛋！你怎能讓我**試毒**？！」

賴皮為自己辯解：「表哥，你實在是太挑剔了！**三角龍**的肉不吃，現在連蘑菇也不吃。那你覺得我們應該吃什麼呀？」

伏特教授在**鬍子**下露出一絲**微笑**。他**打開**一個刻有「Prof V.」

伏特教授的木匣子收藏了珍貴的陳年乳酪

字樣的胡桃木匣子，取出了一塊珍貴的陳年哥瑞納帕達諾乳酪，切成五片。

「大家不要吵架了，我給各位獻上這款美食，就當是為了**慶祝**我親愛的**朋友**——謝利連摩平安歸隊。」

我們幸福地啃着**乳酪**，手爪握着手爪，齊聲吱吱叫：「**友誼萬歲！**」

恐龍滅絕之謎

第二天早晨，天剛亮我們就起牀了，然後吃早餐。

賴皮給我們做了一頓早餐。他利用一些史前時期的植物來做泡茶，又摘了一些味道有點兒像洋蔥的植物根莖和取了一枚史前雀鳥的蛋，做出一道煎蛋。

吃過早餐後，教授就給我們解釋這次穿越時空的任務。他站到紅杉樹椿上面，神情肅穆地宣布說：「親愛的朋友們，一直以來，我們都不知道到底恐龍是千萬年間慢慢消失的，還是突然間全部滅絕的。而且，我們也未能證實恐龍為什麼走向了滅絕？今天我們來到這裏，正是為了搜集數據，從而解開恐龍滅絕之謎。有關恐龍的滅絕，科學家提出了幾種不同的觀點假說……」

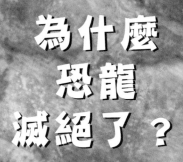

為什麼
恐龍
滅絕了？

墨西哥灣

猶加敦州

假說一

在白堊紀後期，地球遭到隕石的撞擊，產生的大量灰塵直衝雲霄，揚起大量的沙塵蔽天，令陽光無法照射到地球上，造成氣候劇變的災難。氣候變得極端寒冷，大量的植物枯萎、生物在黑暗和寒冷中死亡，很多植物、食草性恐龍和肉食性恐龍因此消失了！

這個說法有一些證據支持，人們在白堊紀後期留下來的岩石中發現了大量的銥元素。銥元素在地球上很少見，卻廣泛存在於隕石之中！不僅如此，人們還在墨西哥灣發現了一個200公里寬、800 米深的隕石坑。千萬年前的一顆隕石掉下來，砸出了這個大坑！

假說二

　　在白堊紀後期，持續出現了猛烈的大型火山爆發，歷時數以萬年。火山除了噴發出熔岩和灰燼，還有大量的二氧化碳和水汽，形成了溫室效應，造成生物大滅絕。有一些動物適應了這種氣候變化生存了下來，但恐龍並不是其中之一！

假說三

　　在白堊紀後期，裸子植物漸漸由被子植物取代。這個植物界的轉變，令草食性恐龍無法適應而死亡。另一方面，小型哺乳動物的大量出現，比如摩爾根獸、重褶齒蝟、三角齒獸以及負鼠。牠們大量偷吃恐龍蛋，也許令恐龍無法繁殖，加速了恐龍的滅絕！

吱吱！吱吱！吱吱！

永別了，小傢伙！

　　我一邊散步**走**到河邊，一邊細想着伏特教授的說話。我深深吸了一口氣，這裏的空氣非常清新，充滿了桉樹的味道。在這個史前的清晨，四周的景致多麼寧靜美麗啊！現在，我不再是獨個兒在時空裏**迷失**了，心境也變得平靜。

　　我看到附近有一羣**三角龍**正在河邊喝水。於是，我回去找大家一起來看。我指着那羣三角龍對

啊！多麼寧靜美麗啊！

淘淘說：「你長大後，就會變成牠們的樣子了。你是一隻三角龍，並不是一隻**老鼠**。你要**勇敢**起來，去吧，到牠們那裏去吧！」

淘淘**害怕**地搖搖頭躲在我的身後。於是，我朝着那羣三角龍的方向，輕輕**推**了**推**牠。

淘淘走向那羣三角龍。那羣三角龍嗅了嗅牠，就讓牠走進隊伍裏去了。牠們接納了淘淘！牠們漸漸走遠，而我偷偷地擦乾落下來的**淚水**。

「**永別了**，小傢伙。我不會忘記你的。唉，我真是一隻多愁善感的老鼠……」

解救翼龍

為了收集信息，我們四周探索，辛苦工作了一整天。然後，我們在**桉樹林**中稍作休息。大家在忙於準備露營的時候，我提着水桶去小溪那邊**打水**。突然之間，我聽到了幾聲淒厲的尖叫聲：

「 **嘎嘎嘎嘎嘎嘎！** 」

我看到一隻**巨大**無比，長有翅膀的爬行動物。牠的嘴巴很長，十分尖利，一對巨大的翅膀展開時長達12米，看起來就像是一架**滑翔機**！

桉樹葉

伏特教授在我的身後**低聲**説道：「牠是史前最大的會飛的爬行動物——**風神翼龍**！」

他指着牠那困在帶刺的灌木叢中的爪子，説：「要掙脱出來可不容易！」

88

風神翼龍繼續**痛苦**地叫着，叫聲中還帶着**恐懼**和**憤怒**。

我喃喃地説：「真可憐，不要害怕，我來救你！」

伏特教授提醒我：「小心啊，謝利連摩！受傷的動物總是最**危險**的！」

我慢慢地探過身去，試圖扯斷那些長滿**刺**的藤枝。我的手爪也被刺傷了……真痛！

終於，風神翼龍掙脱出來了。牠搖了搖**爪子**，彷彿不敢相信自己的**眼睛**。牠凝視了我一會兒，然後才輕盈地騰起，跳到一棵桉樹的樹頂上。就在那裏，牠縱身一躍，乘風遠去了。牠飛走了！牠飛走了！

牠飛走了！飛走了！

牠飛走了！飛走了！

牠飛走了！飛走了！

來吧，來吧，小恐龍！

第二天，我們一大早就*出發*了。

我發現有東西在上空跟着我們，原來是我解救的那一隻風神翼龍！

我伸出手爪跟牠打招呼，牠俯衝而下，彷彿也在跟我打招呼，**然後牠就飛走了**。這個時刻多美妙啊！

我走着走着，腳爪突然被一塊石子絆倒了！我把石子拿起，發現那是一塊化石呢！

「看！」我**立刻**把它拿給班哲文看，「這是一塊**蕨類植物的化石**呢。」

蕨類植物的葉子

化石是生活在百萬年前的植物或動物留存在岩石中的遺跡。隨着時間的流逝，這些生物遺體與周圍包裹的沉積物一起經過石化變成石頭，牠們的形態就保留下來了。

科學家們通過研究化石可以模擬出史前的環境。

蕨類植物的化石

「嘩，真神奇啊！」班哲文看得目不轉睛。

「我們採集這塊化石回去研究吧！」伏特教授說。

賴皮對這個發現卻漫不經心，說：「看！大家快來看那邊的小恐龍更**奇妙**啊！」

他指着一隻小恐龍，牠身上長着**亮晶晶**的鱗片，指爪又長又尖，目光非常兇惡。

灌木叢後又出現了一隻和牠長得**一模一樣**的恐龍，接着我又看到**第三隻、第四隻、第五隻**⋯⋯我感覺不妙，於是趕緊拿出教授寫的那本**手冊**，飛快地翻閱起來。

我盯着《穿越時空旅行求生手冊》的其中一頁，**驚慌**地大聲讀出來：「馳龍：成羣獵食的小型肉食性恐龍。」

賴皮卻不以為意，聳了聳肩：「哎呀，沒關係，牠們不過是**弱小**的小恐龍啦。

「表哥，你怎麼還是那麼膽小啊！不信我證明給你看。咪咪咪咪，過來，到賴皮叔叔這兒來！」

他拿起一小塊**煎蛋**吸引那些小恐龍過來。

一隻馳龍走過來，牠聞了聞煎蛋……不過牠顯然更喜歡賴皮那美味的**手爪**，便一口咬了下去。

賴皮尖叫起來：「啊呀呀！」

史前時期

馳龍
DROMAEOSAURUS

分類：獸腳類
生活時期：白堊紀後期
食性：肉食性
發現化石的地方：加拿大、美國
大小：身長約1.8米
特徵：名字有「奔跑的蜥蜴」的意思，行動迅速敏捷。牠們長有尖利的爪子和牙齒，用以獵食。

93

我抓起一根**骨頭**，在空中不斷大力**揮舞**，吼道：「滾開！不然我們會給你點**顏色**看的！」

賴皮高呼：「有本事過來啊！**今晚**你們就會變成炸丸子！」

我們發出老鼠島居民作戰時的怒吼：

「吱吱吱吱吱吱吱吱吱吱吱吱！」

轉眼間，那些恐龍集體進攻，把賴皮撲倒在地上，然後用食人魚一樣**鋒利**的牙齒咬住賴皮的小腿。要不是我提着一根骨頭趕過去，天知道會發生些什麼事！

「全都給我滾開！滾開呀！」這些馳龍沒有預料到我的**襲擊**，只好向後退去，倉促地跑開了。

我得意地搖了搖我的尾巴：「嘿嘿嘿，現在知道誰才是這裏的老大了吧？看，牠們夾着尾巴**逃跑**了！」

吱吱吱吱吱吱吱吱吱吱吱吱吱！

賴皮**臉色蒼白**，**結結巴巴**地對我説：

「謝謝謝謝利連摩……」

「怎麼了，表弟？」

他指了指我身後。

「謝利連摩……暴暴暴暴龍……」

我勇敢地揮起手爪中的骨頭，問：「發生什麼啦，賴皮？你不要害怕，我來**保護**你！」

他慘叫道：「小心你**身後**！！！！！！」

我轉過身，結果正面撞上一隻

暴龍龍龍龍龍龍龍龍龍！

暴龍 TYRANNOSAURUS REX

分類：獸腳類

生活時期：白堊紀後期

食性：肉食性

發現化石的地方：北美洲

大小：身長約12-15米

特徵：牠的名字有「暴君蜥蜴」的意思，是恐龍中的霸主，十分兇殘。牠的頭部巨大，長有鋸齒狀的尖牙，下顎強壯，能輕易粉碎獵物。牠的體形巨大，而且很重，前肢明顯細小，後肢十分粗壯結實。

咕吱吱！我畏高啊！

　　早在馳龍出現時，班哲文已爬到高高的桉樹上躲避，他大聲喊道：「暴龍是**肉食性恐龍**，快逃命呀，叔叔！」

　　我奪路狂奔，**跑**呀**跑**。暴龍每走一步，森林裏就發出低沉的轟鳴聲，地面顫動不已。

「**砰！砰！砰砰！**」

　　暴龍的體形太巨大了，我根本打不過牠。

　　我嘗試着思考怎樣才能擺脫牠，可是我身後緊跟着一隻**饑腸轆轆**的恐龍，腦袋根本轉不起來！

　　我想出了一個**主意**，朝着**高高**的懸崖跑去。

　　只見懸崖兩邊由一塊非常窄的岩石連接，地勢險峻。這岩石應該可以承受我的體重……而暴龍走上去或許會**坍塌**！

　　我繼續跑，儘量不去看腳下的深淵。

98

咕吱吱，我的頭好暈啊！**我有畏高症啊！**

我不顧一切**抱到**對面的懸崖，轉頭一看，那隻暴龍只顧追捕我，沒有注意危險，岩石應聲**崩裂**；在一瞬間，暴龍發出了一聲淒厲的**怒號**，漫天灰塵揚起，隨即掉下山崖了！

我驚魂不定地看着斷崖，這時，我才**意識**到，我如何才能回到懸崖的那一邊呢？

絕望之中，我聽到一陣翅膀**拍動**的沙沙聲，原來是那隻**風神翼龍**。我向牠求助：「請你把我帶到對面去吧！」

我登上風神翼龍，牠先在空中輕輕盤旋，最後把我平安無恙地帶回到我的朋友那裏。

我緊緊地**擁抱**牠，感動地說道：「謝謝你，我的朋友！互相幫助，互相依賴，這才是真正的友誼啊！」

呀呀呀呀呀！

史前森林裏的聲音

夜幕降臨。正當伏特教授給賴皮受傷的爪子上藥時,菲發現了一個山洞(她是野外求生的專家呢!)。

「我們可以在這裏過夜。風從北方吹來,暴龍不會聞到我們的氣味!」

菲有條不紊地敲起兩塊打火石,冒出的火星**點燃**了乾草堆。她又往火裏加入樹皮和**小樹枝**,還有厚厚的木頭,漸漸生起一個**光亮的**火堆。

她找來五根樹枝當長叉子,又給我們每隻鼠削了一把**木**勺子。

最後，她又利用大型的樹葉編成了一個水瓢。

我自告奮勇向大家提出晚上由我負責看守。

夜深了，大家都睡着了，只有我一隻鼠在 **漆黑** 的夜裏保持清醒。光在洞穴的牆壁上投射出可怕的**影子**。

山洞外，傳來了森林裏的各種聲音：有恐龍的嗥叫聲、吼叫、求偶呼喚和其他爬行動物的聲音。

咕吱吱，很可怕啊！

十分可怕啊！非常可怕啊！

我們能在白堊紀充滿**猛獸**的森林中倖存下來嗎？我打了個**寒顫**，握緊了手爪中用來嚇退馳龍的那根南方巨獸龍的**骨頭**。不過，我確信一點：我會堅持到底的！

劃過天空的第一雙翅膀

這樣又過了一天。在伏特教授的指導下，我們搜集了一些岩石的**樣本**，拍攝動植物的照片，記下了密密麻麻的筆記。

黃昏的時候，一隻飛禽在空中飛過，牠身上的羽毛在陽光下閃閃發光。

教授指着牠對我們說：「那是始祖鳥，歷史上最早出現的鳥類！」

史前時代

始祖鳥
ARCHAEOPTERYX

分類：獸腳類
生活時期：侏羅紀後期
食性：肉食性
發現化石的地方：歐洲德國
大小：身長約50厘米
特徵：身上布滿了羽毛，外形與雀鳥相似，可以作短距離飛行。

賴皮問道：「教授，我們怎麼沒碰到猛獁象？」

「猛獁象要很久之後才會出現啊！現在我有重要的消息宣布：目前我們已經收集了足夠的信息，那麼我們史前時期的任務可以説是告一段落了。如果沒有異議，明早我們就離開，好嗎？請大家舉爪表決！」

我們都舉起了 ，表示同意。

生物的演化：

最早出現的多細胞生物

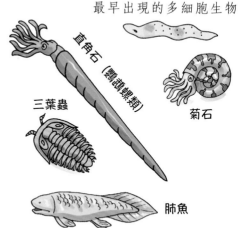

直角石（鸚鵡螺類）

三葉蟲

菊石

肺魚

基龍

無齒翼龍

板龍

靈長類動物

劍龍

劍齒虎

賴皮此時叫了起來：「為了**慶祝**世界上最偉大的廚師還活得好好的，今晚我準備了**史前特色菜餚**，一定會好吃到你們把**鬍鬚**裏裏外外都舔得一乾二淨！你們準備好肚子……其他的交給我就好！」

史前特色菜單

蝸牛醬

麵包果配鮮魚子醬

貝殼清湯

五香鱘魚

湖藻沙拉

糖醋棕櫚心

鮮無花果

他遞給菲一張菜單：「菲，你就由去採集材料吧！這上面寫着我需要的所有食材！」菲唧唧噥噥地唸出來那**長長的**清單：「蝸牛、麵包果、貝殼、鱘魚、藻、棕櫚心、無花果……」

她尖叫道：「*這是什麼奇怪的食材？*我才不幹呢，你太懶了！不要隨便指揮使喚別人，你這個臉皮比梵提娜乾酪還厚的**傢伙**！」

賴皮也叫起來：「你想想，我每天做飯、上菜、收拾桌子，而你卻一點**力氣**都不肯出，都不肯幫我找找食材！我突然想罷工了，你自己看着辦吧！」

伏特教授試着調停：「菲、賴皮，大家稍安毋躁……」

可是，他們仍然**吵個不停**，我只好說：「好啦，由我來負責找食材吧……」

伏特教授**安慰**我，說：「不用擔心，我會協助你，我知道哪裏有這些材料，一起去**尋找**吧。」

夕陽染紅了天空

伏特教授帶着我來到附近的湖邊。

在路上，他給我一一介紹了史前時期各種神奇的植物和動物，真是讓鼠大開眼界啊！

我們來到湖邊，教授從他的背包中取出一個網子，開始教我如何從水裏打撈藻類植物。

「唉！這些藻類植物，發出可怕的味道啊。它真的能變成好吃的食物嗎？」我歎了一口氣說。

然後，我們又一起忙着捕捉小蝸牛和鱘魚。

突然，我看到附近的樹木有葉子在晃動不停！接著，我看見一條**很長很長**的脖子在移動……**咕吱吱，真可怕啊！**我嚇了一跳。

原來，有一隻大恐龍正在**狼吞虎嚥**地啃食一棵大樹高處的嫩葉呢！

伏特教授卻處變不驚，**驚喜**說：「這是一隻**薩爾塔龍！**」

史前時期

**薩爾塔龍
SALTASAURUS**

分類：蜥腳類
生活時期：白堊紀後期
食性：草食性
發現化石的地方：阿根廷
大小：身長約12米
特徵：牠的背上有小小的突起物，身體表面凹凸不平和堅硬。由於身軀笨重，行動十分緩慢。

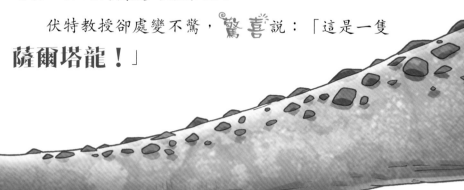

我定睛一看，很快就冷靜下來了，因為牠是一隻**草食性恐龍**。

　　我們在近距離看着這隻**巨大**的神奇古生物，牠的身軀龐大，卻性情溫馴，真是令人着迷啊！

　　伏特教授也不禁讚歎説：「啊，**大自然**是多麼偉大的藝術家！」

賴皮興致勃勃地哼唱着，一隻**美頜龍**被他吸引了過來。牠左瞧瞧右**看看**，想找點東西**吃**，卻馬上被賴皮趕走了。然而，賴皮很快又心軟了，給牠拋上一口**食物**：「給你點肉吧，也祝你度過一個愉快的夜晚！」

這個晚上，我們吃了一頓**豐盛**的**晚餐**！

我做夢也沒想到，自己能品嘗到史前的魚子醬！

我們吃得飽飽的，然後心滿意足地去睡覺了。

可是，到了**清晨**五時，突然發生……

地震了！地震了！地震了！

可怕的隕石雨

　　大地的**震動**讓我猛然醒過來，我們走到山洞外查看情況，發現天空中下起了隕石雨。

　　伏特教授呼喊起來：「**隕石！**這場毀滅性的隕石雨可能會導致恐龍**滅絕**！」

　　我們身邊響起了一陣**嘈雜聲**，只見一羣羣的恐龍**驚慌**地向四方八面逃命。牠們衝過灌木叢，撞倒擋道的樹木。突然，一塊隕石的小碎片落在我們身邊，地面隨之**震顫**，這場面十分可怕！

　　伏特教授聲音**顫抖**地說：「這裏非常**危險**，看來馬上會發生大**災難**了！是時候出發離開到下一個目的地了！大家快回去時光機吧！」

　　我們**立刻**逃命，突然，我發現有一些**黑溜溜**、又**臭**又滑的東西從天下落下……就在我想查看那是什麼東西的時候……我看見一隻恐龍揮着尾

巴在我前面跑過。

「**恐龍糞便！**」我嚇得失聲尖叫，慌忙走避；怎料，我不小心**滑了一跤**，跌撞成了一個三級跳，最後「**撲通！**」一聲，栽進前面一大坨可怕的**臭東西**裏。

班哲文大喊：「叔叔，堅持住！」

菲也大喊：「哥哥，我們把你拉出來！」

他們抓住我的尾巴，開始把我往外拉。我彈了出來，又翻了一個筋斗，「**啪噠！**」

「堅持住啊，表哥，你的死期可還沒到呢！」賴皮幸災樂禍地笑着說，然後往我臉上倒了一桶冰涼的水，好讓我沖洗乾淨。

我抽了抽鼻子，大聲喊道：「我要**回家家家家家家家！！！！**」

教授試着安慰我：「謝利連摩，你知道嗎？一隻大型的肉食性恐龍一天可以排出一噸重的**糞便**。」

我的姪子**跳進**時光機：「我們趕快離開這裏

吧！吱吱，我可不想目擊世界末日啊！」

大家隨即一起跳進時光機，然後長舒了一口氣。

正當我以為我們的冒險到這裏就結束了，這時，伏特教授宣布：「親愛的**朋友們**，我們馬上出發，前往新的目的地吧！」

新的目的地?!以一千塊莫澤雷勒乳酪發誓，我期待的可不是這個結果！

我還沒有緩過神，伏特教授已經設定好了**時光儀**，並按下了出發按鈕。

時光機開始震動，**藍霧**再次襲來……另一場穿越時空旅行即將拉開序幕。

轟隆隆隆隆隆隆隆隆隆！

藍霧再次襲來

恐龍煎蛋卷

　　在恐龍時代的冒險中，機靈的賴皮做出一道恐龍煎蛋，讓大家飽腹一頓。小朋友，你也來試試動手做一道美味的煎蛋卷吧。（他的食譜也可以換成我們常常吃到的美味雞蛋料理呢！）

材料（供二至三人食用）：

- 8隻雞蛋
- 胡蘿蔔絲1湯匙
- 牛奶2湯匙
- 莫澤雷勒乳酪1片
- 橄欖油
- 鹽、胡椒粉少許

需時
15分鐘

如果想讓你的煎蛋更加美味，你可隨意加入自己喜愛的餡料，如：蘑菇粒、洋葱粒、火腿絲等等

小朋友，
可以請大人幫忙一起做！

✳ 把所有雞蛋打入大碗中，並加入少許鹽、胡椒粉、胡蘿蔔絲、牛奶和莫澤雷勒乳酪；用打蛋器或筷子把混合物打散拌勻備用。

✳ 在煎鍋中加入少量橄欖油，讓油平均分布鍋面，燒熱鍋子。

✳ 在煎鍋中，倒入約1/3的蛋液均勻推開，用慢火煎。

✳ 當蛋的邊緣凝固時，用鑊鏟和筷子把蛋向前捲起（記住要在蛋液半熟時開始捲），捲了三分之二時，把蛋卷推向鍋子邊，然後加入1/3蛋液，並重複此步驟兩次。

✳ 最後，把蛋卷兩邊煎至微微金黃色即成。

製作恐龍爪印

所需材料:
- 200克麪粉
- 200克幼鹽
- 100毫升水
- 1枝水筆
- 1枝畫掃
- 灰色和啡色顏料
- 錫紙

1. 將麪粉和幼鹽倒入一個大碗裏,之後慢慢加入水。用手揉麪,直到混合物變成柔軟、不黏手的麪團。

2. 把麪糰揉成球,再壓扁。

3. 用水筆在麵糰上畫出爪印的形狀，再將爪印中間的部分麵糰按壓下去，造出立體感。

4. 完成以上步驟後，把麵糰放到墊上錫紙的平面上。然後，把麵糰放置到乾燥的地方，讓它自然風乾。

5. 接下來，用灰色或棕色顏料給爪印上色即成。

大功告成啦！

現在你可以把做好的恐龍爪印展示給朋友看了！
另外，你也可以依照以上的做法來捏出恐龍的模型啊！

齊來畫一隻暴龍！

如果你想畫一隻暴龍，首先你就要細心觀察牠的外型。其實，你可以試試把恐龍分拆成為不同的部分，想像它們像什麼東西，然後把這些東西組合起來，就會成為一隻恐龍了！

例如：恐龍的頭部像一顆花生、身體像一個梨、前肢的形狀像閃電、後肢則像一顆顆不同大小的水滴等等。

首先，我們可以畫出一個傾斜的梨子作為恐龍的主軀體。然後，在梨子的頂端畫一顆花生代表牠的頭。在梨的尾部，畫上大的水滴和橙子來作牠的尾巴和腳掌。

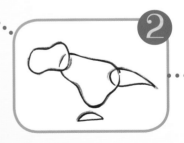

③

然後，再畫顆一顆大水珠，來代表暴龍非常粗壯的後肢，再畫上閃電來作前肢。

接着，用筆描邊，再加上眼睛、嘴巴、前肢的指爪，最後擦去多餘的鉛筆痕跡。

④

這樣就畫好了一隻暴龍！

恐龍時代：找出外來者！
下圖中有7件不屬於史前時期的事物，你能把它們找出來嗎？

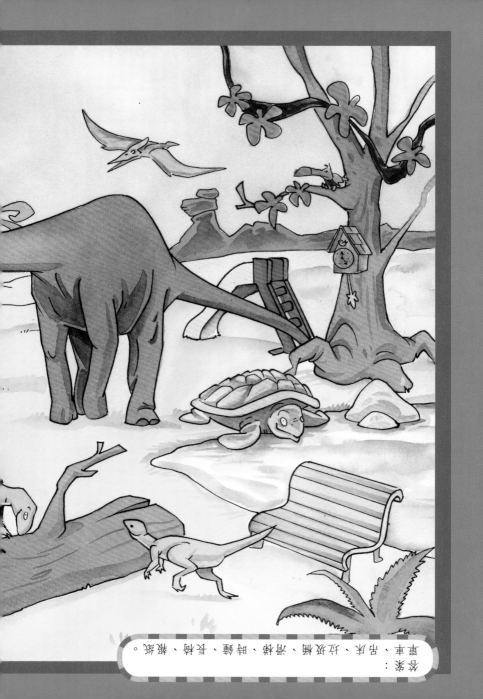

答案：畫車、尖牙、放風箏、消防栓、時鐘、長枕、盆栽。

我們再次穿越時空，
來到古埃及的吉薩……
這真是一場緊張刺激的冒險，
以一千個復活的木乃伊的發誓！

獅身人面像的影子

伏特教授在「**妙鼠穿梭號**」的時光儀中輸入了目的地：吉薩，公元前1280年7月16日，之後按下了出發鍵，向我們宣布：「六十秒後，我們將會抵達古埃及！」

時光機開始震動起來，**藍色的**迷霧再次襲來……**轟隆隆隆隆隆隆隆隆！**

轉眼間，「**妙鼠穿梭號**」終於停了下來。

我豎起耳朵，但是沒聽到任何動靜，於是，我

慢慢地打開了舷窗⋯⋯

　　眼前的壯麗風光，讓我們都看得目瞪口呆！

　　我們轉眼便置身於古埃及的沙漠，腳下踏着軟綿綿、金黃色的幼沙，整片沙漠一望無際，四方八面有很多大大小小的沙丘。這時，太陽從地平線上剛剛升起，陽光照耀大地，仿如在金字塔和獅身人面像上抹上了一道美麗的紅霞。

　　班哲文驚歎道：「看！這裏的金字塔是白色的，塔尖卻是金色的！獅身人面像上竟畫上了不同的顏色啊！」

　　我在旅行日記中記下：公元前1280年，5時47分，我們在吉薩，古埃及的沙漠上。

法老頭戴紅白雙冠，白色王冠代表上埃及，紅色王冠代表下埃及。

法老被認為是太陽神之子，擁有至高無上的權力。

法老

祭司和官員

士兵

書吏

商人　　農民　　漁夫　　工匠　　奴隸和畜牧者

古埃及的社會結構

古埃及地圖

地中海

羅塞塔
杜姆亞特
亞歷山大港
塞易斯

下埃及

吉薩
開羅
蘇伊士
薩卡拉
孟菲斯

西奈半島

太伯塔尼斯

安蒂諾波利斯
大赫爾莫波利斯
阿瑪納

上埃及

紅海

艾斯尤特
安泰奧波利斯
艾赫米姆

丹達拉
阿拜多斯
科普特
底比斯
凱爾奈克
盧克索

尼羅河是世界上最長
的河流（全長 6,671 公里，
其中包括卡蓋拉河——尼羅河
最遠的源頭）。尼羅河在其入海口
形成一個面積為 23,000 平方公里的
三角洲，並在這裏注入地中海。
根據尼羅河水的消長，一年被劃分
成三個季節：洪水季、播種季和收
穫季。歷史學家希羅多德曾説過：
「埃及是尼羅河的饋贈。」

尼
羅
河

考姆翁布

象島
阿斯旺

別讓那些老鼠溜掉……

從遠處走過來一列**浩浩蕩蕩**的士兵隊伍，他們護送着一頂**金光閃閃**，十分奢華的轎子。

一隻男僕鼠高呼：「維齊爾駕到！尊貴的維齊爾鼠德普駕到！」

那轎子的絲綢簾半掩，我隱約看到一隻胖乎乎的老鼠坐在裏面。他一臉狡黠的表情，眼神陰險狡詐。他穿着純白的亞麻衣服，脖子上戴着閃閃發光的天青石**項鏈**，上面還鑲有一顆碩大的**金色聖甲蟲**。他頭上戴着一頂珍珠和銀絲裝飾的黑色假髮，連尾巴上都串滿了珍貴的飾品。

這個貴族鼠下令放下轎子。一隻男僕鼠連忙跑過來，給他換上了一雙金色的**涼鞋**。

鼠德普安坐之後，就像美食家一樣，細細地品嘗着一串葡萄。

我的表弟掏出大蒜味的口香糖，遞到我的面前。

「以一千塊莫澤雷勒乳酪發誓！你知道我對大蒜過敏吧……乞嚏！」我馬上打了一個噴嚏。

維齊爾聽到了我的噴嚏聲：「以聖甲蟲的名義，我命令你們抓住那些老鼠，別讓他們溜掉，他們是盜墓賊！書吏，記下我說的話！」

一隻名叫傑羅格里夫的書吏大聲回應道：「我記下了，長官！」

那些士兵把我們團團圍住，將手中的長矛對準了我們。賴皮嘟嚷着說：「唉，我錯過了早餐，真是出師不利……」

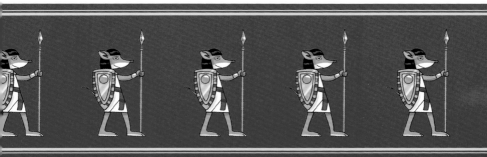

拉美西斯！拉美西斯！ 拉美西斯！

　　我們被古埃及士兵俘虜，在**酷熱**的沙漠裏不知道走了多久，最後守衛隊的首領把我們押送到孟菲斯的一座王宮裏。

　　守衛用長矛戳着我的尾巴，命令說：「在法老面前，還不快快行禮！」

　　在大廳裏，掛滿了精美絕倫的壁畫裝飾，我看

拉美西斯二世 Ramesses II

　　他的名字拉美西斯 (Ramesses) 有時也可以寫作「Rameses」或「Ramses」。（統治時期為公元前1290年到公元前1226年）他身材高瘦，不過走起路來卻一瘸一拐。此外，他還長着鷹鉤鼻和一口齙牙。他在任時修造了大量的建築。他的父親塞提一世經常把他帶到戰場上，希望他能成為一名戰士。拉美西斯二世曾在卡迭石戰役中親自出馬，與赫梯人作戰。他96歲時逝世，育有160個子女。在他200個配偶中，他最愛的是妮菲塔莉。在他的統治時期裏，摩西率領希伯來人離開古埃及，前往「應許之地」。

古埃及象形文「拉美西斯」

見有一把黃金打造的寶座在遠遠的盡頭處。

在寶座上，有一隻氣度不凡，身材高瘦的老鼠坐着。他的輪廓深邃，長有鷹鈎鼻，目光也像老鷹一樣銳利……他就是**拉美西斯二世**！

在他的後面，有兩隻來自努比亞的高大老鼠侍立着。這兩隻老鼠的毛皮顏色很深，他們手中各自拿着一把用鴕鳥羽毛做成的扇子，為拉美西斯扇風。

這位法老頭戴一白一紅兩頂皇冠，分別代表他對上埃及和下埃及的統治權。他手持金權杖，氣勢懾人。

在他身旁的是**妮菲塔莉**，也就是拉美西斯二世的第一位**王后**。她真是美艷動人呀！拉美西斯二世看着她，眼睛裏充滿了自豪，他非常愛他的王后。他們的女兒梅莉塔蒙站在一旁，懷裏抱着一個**嬰兒**。這個嬰兒被裹在金絲緞褓裏。咕吱吱！我知道這個小傢伙是誰——他就是**摩西***。

梅莉塔蒙和摩西

---

*希伯來語中，「摩西」的意思是「救世主」、「把他從水中拉出來」。
　在古埃及語中，「摩西」的意思是「兒子」或「孩子」

維齊爾的石棺

只見維齊爾上前覲見法老，在拉美西斯二世面前**恭敬**地鞠了一躬，說：「無上榮光與你同在，殿下。」

接着，他向傑羅格里夫發號施令：「書吏，把你記下的東西唸出來！」

書吏**大聲朗讀**起來：

至高無上的法老，

太陽神之子，

拉的榮耀，

我抓到了五隻老鼠，

他們鬼鬼祟祟躲在胡夫金字塔後面，

他們是偷木乃伊的惡賊！

不如把他們送給神聖鱷魚當晚餐！

法老**目光如炬**，直勾勾盯着我們，然後低聲說了些什麼。他的嗓音很低沉，這讓我有些**不寒而慄**。

「果真如此嗎？」法老威嚴地問道。

伏特教授向前走了一步，然後對他行禮：「尊貴的拉美西斯，我們是**清白**的！」

維齊爾冷笑道：「清白的？有罪的人都會這樣狡辯。把他們拿去餵鱷魚！書吏，都記下了嗎？」

書吏竊喜道：「都記下了，長官！」

法老揚起一隻手爪打住了他們，問道：「如果你們不是**盜墓賊**，那你們在那裏做什麼？」

伏特教授繼續解釋道：「尊貴的拉美西斯，我們是遠道而

古埃及女性的地位

古埃及女性非常自由，她們可以工作，有權選擇結婚的對象。歷史上曾經出現過一位女法老，她就是古埃及第十八王朝的法老——哈特謝普蘇特。哈特謝普蘇特取代了兒子圖特摩斯三世的地位，對古埃及實行統治。這個古埃及象形文字的含義是「人類」，它是由同樣大小的一個男人和一個女人組成的。

樂師

舞者

書東 維齊爾

侍衞

古埃及字母

請注意：以下是參考古埃及文字製作的字母表，你們可以借助它把自己的名字寫成對應的古埃及象形文字形式。

A	𓅃	H		Q	
B		I		R	
C DURO		J(I)		S	
C DOLCE		K		T	
D		L		U	
E		M		V	
F		N		W	
G DURO		O		Y	
G DOLCE		P		Z	

古埃及數字

1	|	10	∩	100	𓏤	1,000	
2	||	20	∩∩	200	𓏤𓏤	10,000	
3	|||	30	∩∩∩	300	𓏤𓏤𓏤	100,000	
4	||||	40	∩∩∩∩	400	𓏤𓏤𓏤𓏤	1,000,000	

155

啊啊啊⋯⋯這一定是用魔法變出來的！

賴皮的魔術表演討得古埃及人的歡心，拉美西斯法老決定邀請我們留下來，舉行一場**盛宴**。

拉美西斯舉起一隻手爪，宣布道：「哈比神**慶典**現在開始！」

我知道法老所是指慶祝尼羅河泛濫——古埃及人喜歡用「哈比神」稱呼這條河流。

很快，有些光頭的**祭司**穿着一身白衣服，他們走過來把線香點燃。

接着，七個身穿白色裙子的舞者翩翩而來，她們頭上戴着金絲假髮，脖子上掛着天青石**項鏈**。她們一邊舞蹈，一邊搖動手爪中的叉鈴，玫瑰花瓣散落其間。她們體態輕盈，在大廳中央盛放睡蓮的水池旁翩翩起舞。

叉鈴是古埃及人的一種敲擊樂器。

與此同時，樂師們在種滿蓮花的水池旁邊演奏起柔美的樂曲。手鼓和響板不時作響，豎琴、詩琴、里拉琴、齊特拉琴的音色相互映襯。

　　在大廳內，還有很多鼠僕們手爪上端着雪花石膏盤子來來往往，裏面盛放着烤鵪鶉、烤鴿子、山羊乳酪、五香蠶豆、石榴、葡萄、核桃醬、蜂蜜、無花果蜜餞等等食物。

　　拉美西斯正在品嘗着一份蜂蜜做成的甜品，突然他發出痛苦的叫聲：「**哎呀！哎呀！**」

　　妮菲塔莉關切地問道：「親愛的，真可憐！牙痛了嗎？」

　　「看來我真的應該去看看牙醫！」他揉了揉腮幫子，歎氣說。

　　宴會馬上開始。妮菲塔莉想補妝容，於是命一隻女僕鼠給她拿來一面紅寶石裝飾的寶鏡。

醫療

　　古埃及醫生會治療骨折，精通環鑽術，此外還能進行其他複雜的手術。他們使用霉菌來治療某些疾病，可能他們當時已經覺察到青霉素可以從霉菌中獲得！他們利用一種特殊的黏合劑給病人補牙，使用金線將假牙和真正的牙齒固定在一起。

一面黃金打造的鏡子⋯⋯

雖然這面寶鏡價值連城，以黃金打造鏡框，青銅鏡面能照出什麼來呀⋯⋯

於是，賴皮從他的背包裏掏出一面**真正的**小鏡子。

他在王后面前彎下腰，把這面清澈的鏡子獻給了她。妮菲塔莉被眼前的一幕嚇得目瞪口呆：「啊啊啊⋯⋯這一定是用魔法變出來的！」

她問賴皮：「你送給我這件神奇的寶物，我要向你回贈什麼呢？」

賴皮變出一朵芬芳的玫瑰花，遞給妮菲塔莉：「我想要什麼呢？哦，最最美麗的王后，我想要這世上最難得的寶物——你的微笑！」

啊，最最美麗的王后，我想要這世上最難得的寶物——你的微笑！

158

妮菲塔莉對他露出了甜甜的微笑。我聽見大廳中的大臣們在竊竊私語。

「那隻小老鼠可真不簡單……」

「……一位**魔術大師**，大師中的大師……」

「……聽說他遠道而來，所以肯定法力強大……」

「……簡直是法力無邊……」

「……可能比法老還要厲害……」

「……最最美麗的王后對他微笑了……」

「……拉美西斯一定會嫉妒得發瘋！」

服飾

古埃及人穿亞麻打褶的短裙和丘尼卡。富人會穿植物顏料染色的衣服。牧羊人和農民穿動物粗皮做成的丘尼卡，不過他們很少穿羊毛製品。富人還會穿金色的涼鞋，而窮人只能穿草鞋。

聽到這裏，我嚇得打起哆嗦。

以一千塊莫澤雷勒乳酪發誓，情況不妙啊。

維齊爾在法老的耳朵旁邊嘀咕了些什麼。法老瞇起眼睛，捋着鬍子若有所思。看着這一幕，讓我心感不妙。

古埃及臂環

在古埃及，無論男性還是女性都會佩戴臂環，是一種流行的飾物。這些臂環上繪有銘文和護身符。小朋友，你也可以試試製作一個古埃及的潮流飾物呢！

所需材料：
- 一張黃色厚卡紙
- 剪刀
- 打孔器
- 一小截用來包裝禮物的絲帶
- 彩色畫筆

1. 在黃色厚卡紙上剪下一張紙條，紙條的長度應該和你的手臂周長相等。

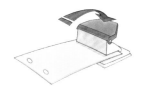

2. 用打孔器在紙條的兩側打孔。

3. 用彩色畫筆在紙條上畫出各種你喜歡的古埃及圖案、銘文或幾何圖案……

4. 把紙條纏在手臂上，將絲帶串過兩側的小孔，打結固定。

這樣就做好你的專屬臂環！

另外，你也可以製作一些臂環給朋友們啊！

假如我是古埃及人……

　　古埃及人都會悉心打份，他們經常穿打褶短裙或無袖的丘尼卡，佩戴假髮和珠寶。假如你也穿越到古埃及，你會怎樣打扮呢？請你發揮想像力，在下面空白的位置畫出一套屬於你的古埃及服裝吧！

古埃及人眼中各種顏色的象徵意義：

 綠色和青色讓人聯想到植物和水，它們代表青春和新生。

 紅色讓人聯想到沙漠，代表混亂。

 黑色讓人聯想到淤泥覆蓋着的肥沃土地，代表自然的復蘇。

 黃色是金子的顏色，代表神的肉身。

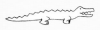 白色是銀子的顏色，代表神的骨骼。

 藍色代表神的頭髮。

　　我以為是法老手下士兵的惡作劇，回頭卻發現了一隻女僕鼠。

　　「噓——快跟我過來，不過你們要放輕腳步，輕輕的，和天空之神努特的呼吸聲一樣輕……」

　　我們穿過一條密道，悄悄溜了出來。這條密道**黑漆漆**的，我彷彿被一隻餓貓吞到了胃裏。

　　突然，煙霧繚繞的火把照亮了寫滿古埃及象形文字的古老牆壁上。牆上光影搖曳，有一種說不出的悲涼。

那隻女僕鼠把我們帶到一座非常巨大，神態威嚴又**可怕**的鱷魚神索貝克雕像面前。她推了推雕像的左腳，那隻腳竟然轉動起來。

雕像裏透出一絲神秘的光亮。

我們鑽了進去，原來我們來到了王后的密室裏！

妮菲塔莉王后憂心忡忡地跑過來。

「法老吃醋了！你們快逃吧！」

賴皮跪拜在地，感動地吱吱説道：「啊，如果我能留下來，誰知道……」

我拉了拉他的尾巴：「賴皮，別説這麼多了！」

他歎了口氣：「唉，你真是不知道**浪漫**為何物！」

他親吻了妮菲塔莉的手爪，説：「永別了，最美麗的王后，我永遠不會忘記你！」

王后脱下她的**珍貴**戒指，把它送給了賴皮。

「這枚戒指可以保護你們，**祝你們旅途順利！**」

這枚戒指可以保護你們！

出發！給我用力划划划划划！！

　　那隻女僕鼠把我們藏在一張很名貴的大型地毯裏，然後讓一隻努比亞的男僕鼠扛在肩上。他把我們送到了孟菲斯的**港口**。

　　我們到達的時候，已經是下午五時了。

　　我的表弟嘟噥起來：「**唉，我錯過了開胃菜，真是悲劇的結局！**」

　　我聽見海浪聲，於是從毯子中探出頭查看。原來，男僕鼠把我們帶上了一艘「**費路卡**」上，也就是古埃及三桅帆船上。

　　突然，傳來了一把聲音怒吼起來：「你們這些木乃伊腦袋，好吃懶做！我這個倒霉鬼被金字塔砸到了頭，才遇見你們這些自亞圖姆創造埃及以來最

船長龐德吉特

169

懶散的船員！我說我們要趕在河水氾濫前渡過尼羅河，聽到了嗎？ **快給我落力划划划划划啊啊！」**

船長龐德吉特在怒吼着。他是一隻肌肉發達的老鼠，穿着亞麻做成的粗布短裙，手腕上戴着厚重的皮革臂環。他手中的鞭子揮得嗖嗖響，鬍子氣得捲了起來：「一座、兩座、三座金字塔，一座、兩座、三座金字塔，一座、兩座、三座金字塔！」

船上的老鼠大力划槳，帆船緩緩離開了孟菲斯的港口，在河面上起起伏伏。

我的表弟心滿意足地打了個哈欠：「這船晃得真厲害，一會向上，一會向下，一會向上，一會向下，一會向上，一會向下……我覺得我要睡着了。呼嚕呼嚕……呼嚕呼嚕呼嚕！」

我有些暈船，臉色很難看：「這船晃得真厲害，一會向上，一會向下……我覺得我要把胃吐出來了。嘔嘔嘔……嘔嘔嘔嘔嘔嘔！」

我為什麼為什麼為什麼踏上了這場莫名其妙的穿越時空之旅啊？？？

對於古埃及人來說，尼羅河肥沃的兩岸非常適合農作物的種植。假如你是古埃及的農民，請在下面空白的地方畫下你的家人，再逐一給各位成員分工。

每個家庭成員都有明確的分工，這真是太棒了！

班哲文和莉莉的迷宮

起點

● 終點

防腐師的工作室

　　我們終於及時抵達孟菲斯，雖然天色已晚，但是古埃及鼠紛紛走出家門，湧向街頭。尼羅河水開始**氾濫**，這可保證莊稼的好收成，他們為此手舞足蹈。

　　巴比奧特示意我們跟上他的腳步：「我們走吧。這是**生命之家**，死者在這裏會被製作成木乃伊，獲得永生。你們想去進去看看嗎？」

　　「不了，謝謝，下次有機會的吧！」我不假思索地答道（*我再次聲明，我這個人，哦不，我這隻小老鼠，膽子小得很*）。

　　但是，他早已經打開了大門，我只好硬着頭皮往裏面瞧了瞧……我感到天旋地轉，額頭上也冒出了冷汗。我感到自己馬上要**暈倒**了，幸好我深吸了一口氣堅持住了。

松脂和香

石棺

纏在繃帶裏的
神聖護身符

亞麻繃帶

泡鹼

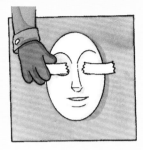

2. 用膠帶封住面具的眼睛和嘴巴
的位置。

3. 把牛奶包裝盒從中間剪成
兩半。

4. 把剪開的包裝盒分別黏在
面具的兩側。

5. 把弄皺的報紙放在面具上
方，從而將兩側的包裝盒連
接起來，並用錫紙包裹住報
紙。把牙膏盒黏在面具的下
巴上，如圖右所示。

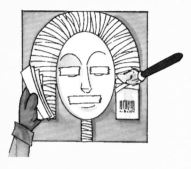

6. 把報紙剪成條狀，用膠水和畫筆把紙條黏在法老的頭髮和下巴上。

7. 在面具上刷一層膠水，把彩沙或閃粉撒在上面，等待膠水乾透。

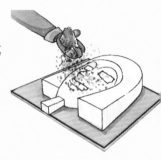

8. 用毛筆和顏料畫出眼睛和嘴巴的輪廓，用黑色的線條畫出頭髮。

法老的面具這樣就做好啦！

木乃伊手指

古埃及人擅長為屍體進行防腐，製作木乃伊。小朋友，你也來製作一根木乃伊手指，跟你的朋友們開玩笑吧！

1. 在鞋盒底部挖出一個食指大小的洞。

2. 在鞋盒裏填滿棉花，遮住小洞。

3. 用繃帶纏住你的食指，把它插入小洞。

4. 蓋上鞋盒的蓋，告訴你的朋友們你找到了一根木乃伊手指。打開盒蓋展示給他們看。然後，突然搖動你的手指！

你的朋友們肯定會大吃一驚！

我們到了嗎？

過了一會兒，我醒了過來：

哎呀呀呀呀呀，好痛啊！！

班哲文用一片棕櫚葉給我扇風：「別擔心，啫喱叔叔，沒事的，我就在你身邊……」

菲鼓勵大家喊道：「出發啊啊啊！前往吉薩薩薩！」

賴皮嘟噥起來：「哎呀，我聽到了，我耳朵上

「水……水……水啊！」賴皮結結巴巴說道，然後一頭扎進泉水中，菲緊隨其後，也跳了進去。

伏特教授問道：「你的小姪子還好嗎，謝利連摩？」

我擠出一絲笑容：「沒事的，教授。」

我把班哲文帶到泉水旁，沾濕了他的嘴唇，然後餵了他喝點水。

我親吻了他：「我們得救了，我們得救了！」

班哲文喝飽了之後，我才把嘴巴伸到那清新的泉水中，喝啊喝，喝啊喝，喝啊喝。

呵，口喝的時候，水竟是如此的香甜！

賴皮甩了甩濕漉漉的毛髮，然後敏捷地爬上一棵棕櫚樹，那身手真的讓貓咪也自愧不如。

我還沒來得及「吱——」叫喚一聲，就被一串大棗砸到了我的頭。

暈倒之前，我聽見賴皮嘟噥道：「謝利連摩還是老樣子，千方百計想引起別人的注意……你看，這一次他又昏了過去！」

不久，我醒了過來。

**哎呀呀呀呀呀，好痛啊！
真一記狠狠的重擊啊！**

我向我的表弟表示抗議。

「賴皮，這樣高處擲物是非常危險的！你就不能小心點嗎？」

賴皮用大棗堵住我的嘴：「來吧來吧來吧，多吃點，對你身體好，也能讓你的嘴變甜！」

我還要繼續抗議，但是這些大棗實在是太好吃了，所以我乾脆放他一馬。

我微笑道：「好吧好吧，我們停戰吧……不過你得再給我一顆大棗！」

我眨了眨眼睛，指了指泉水：「爪子可要放在這裏，表弟！」

我們都縱身一躍，一起跳入泉水中，在裏面翻筋斗，嬉笑打鬧。突然，我們聽見一陣啜泣聲。

「**不幸不幸真不幸**，天知道法老要如何處置我。**可憐可憐真可憐**，要是逃過被胡狼剝毛皮算我走運！」

彼拉米迪昂的心事

我們發現在不遠處傳來了哭聲。只見有一隻留着鬍子的老鼠坐在獅身人面像的陰影下，**絕望地痛哭**。

「唏，你有什麼需要幫忙的嗎？」伏特教授上前問道。

那個鼠掀起他高級的打褶丘尼卡擦了擦淚水，無奈地搖搖頭，脖子上的綠松石項鏈**叮叮作響**。

彼拉米迪昂

「唉唉唉，誰也幫不了我。」

他歎了口氣，說：「那個那個那個，我的名字是彼拉米迪昂。」

他抽了抽鼻子，滿臉的悲傷。

噗噗噗噗噗噗噗！

「幾個星期前我是埃及偉大的維齊爾，整個埃及的老鼠都非常尊敬我。我似乎能聽見他們在高呼我的名字：

彼拉米迪昂！彼拉米迪昂！彼拉米迪昂！

總之，我是**赫赫有名**，無鼠不曉，直到有一天……」

「直到有一天？」我們異口同聲叫起來。

賴皮躺下來了，嘟噥着說：「我找個舒服點的姿勢坐下，我有預感這將是一個**漫長的故事！**」

彼拉米迪昂繼續講道：「嗯嗯嗯……我剛才說到，一個星期前，那一隻**狡猾**的老鼠來到了王宮，那隻無能的老鼠，那隻應該被驅逐的老鼠……總之總之總之，我說的是鼠德普！」

「鼠德普！」我們異口同聲叫起來。

他擦了擦淚水打濕的鬍子，「**對對對**，鼠德普！就是他！那隻從陰溝來的**邪惡**的老鼠一直跟我作對，直到有一天……」

「直到有一天？」我們異口同聲叫起來。

彼拉米迪昂繼續講道：「……直到有一天，也就是一個星期前，我的妻子皮拉米蒂娜給法老準備了一些**杏仁餅乾**。『求求你，一定要做得非常非常非常好吃呀！』我囑咐她道。『我放了很多很多杏仁碎呢！』她安慰我說。她放了很多杏仁……結果，一塊杏仁的果殼不小心混到了餅乾裏，拉美西斯恰巧吃到了那塊餅乾，真是**太倒霉太倒霉太倒霉**了，他咬崩了門牙，然後……」

「然後？」我們異口同聲叫起來。

皮拉米蒂娜

彼拉米迪昂絕望地抓起鬍子：「……然後，他**勃然大怒！**鼠德普向大家暗示，說我要**謀害**法老，於是拉美西斯任命鼠德普為維齊爾。他們原打算把我餵給鱷魚吃，不過就在這時……」

「就在這時？」我們異口

同聲叫起來。

賴皮嘟噥着道：「我就知道這個故事很長……」

彼拉米迪昂繼續講道：「……就在這時，我的妻子去找妮菲塔莉求情，她苦苦**哀求哀求哀求**，最終打動了王后給我一個**最後**機會，因此我還有一絲生機。可是……」

「可是？」我們異口同聲叫起來。

「……可是奸詐的鼠德普向法老提出一個餿主意，給我出了一道非常非常難，無鼠能解的**謎題**！我只有七天七夜的時間來解決這個難題，而最後的期限馬上就到了。太陽再次升起時，我就是一隻死老鼠了。我真不幸呀，不公平啊！**唉唉唉**！」

綠洲後面，有一片瓜田，在那裏打盹兒的士兵鼠突然打了個呵欠。

他們馬上就要過來，把彼拉米迪昂抓走！

這隻囚鼠眼裏露出不安的目光，嚇得渾身發抖：「嗚嗚嗚嗚嗚嗚！」

班哲文急切地問道：「到底是什麼謎題？說不定我們可以**幫忙**解答。」

　　他歎了口氣：「**非常非常非常困難**，幾乎無鼠能解⋯⋯這可是　　　　　　　　　到目前為止，從未有任何老鼠能解開謎底，從未有過！」

？？？

斯芬克斯之謎

斯芬克斯之謎

什麼動物
年幼的時候用四條腿走路……
成人的時候用兩條腿走路……
年老的時候用三條腿走路？

彼拉米迪昂用棕櫚葉擤了擤鼻涕。

噗噗噗噗噗噗噗噗噗噗噗噗！

他大聲讀出謎題……

　　他嚶嚶哭着説：「以一千隻聖甲蟲的名義發誓！我思考了整整**七天七夜**，但是毫無頭緒。哪種動物最初長着四條腿，然後變成兩條腿，最後變成三條腿？唉唉唉……」

　　我們答不出來。

　　連伏特教授都閉上了眼睛，思考起來。沒過一會，他精神振奮地説道：「我想出答案了！小時候我們用**四**條腿走路，長大的時候用**兩**條……年紀大了以後，我們會用拐杖，用**三**條腿走路！」

　　彼拉米迪昂雀躍起來：「我現在可以回到宮裏，把這個**答案**告訴鼠德普。」

　　賴皮在鬍子下露出一絲微笑。

　　「讓我來幫個忙，我的朋友彼拉米迪昂。我教給你一些**腦筋急轉彎**的謎題，你可以拿去考考鼠德普，他肯定回答不出來，丟盡面子，這樣法老就會重新選你為**維齊爾**。」

　　他在莎草紙上寫了一些亂糟糟的句子。

　　我十分好奇，偷偷瞄了一眼……

腦筋急轉彎

1 一塊磚頭的重量等於1,000克加上半塊磚頭的重量。那麼一塊磚頭到底有多重?

2 如果我有10副石棺,我把它們全部拿走(除了其中3副),那麼還剩下多少副石棺?

3 沼澤裏的鱷魚蛋開始孵化,出生的小鱷魚數量每分鐘多出一倍,一個小時後整個沼澤裏充滿了小鱷魚。請問多少時間後沼澤裏有一半的小鱷魚?

4 某位水手給一艘停在孟菲斯港口的輪船塗油漆。他站在梯子最下面的樓梯上,距離水面45厘米。這架梯子高9.5米,梯子上每兩個梯級相距30厘米。港口的水面每小時上漲92厘米,請問這位水手要爬多少個梯級才不會弄濕自己的腳?

5 一位法老帶着一隻貓、一隻老鼠和一塊乳酪前往底比斯,途中需要坐船渡過尼羅河……不過船上除了自己,只能帶上三者中的一個。請問法老如何把貓、老鼠和乳酪都帶到對岸呢?

6 法老、維齊爾、侍衞長的年齡加起來是84歲,請問10年後,他們的年齡之和是多少?

7 20位豎琴演奏家表演一首曲目用時3分鐘,那麼10位豎琴演奏家表演同樣的曲目需要多長時間?

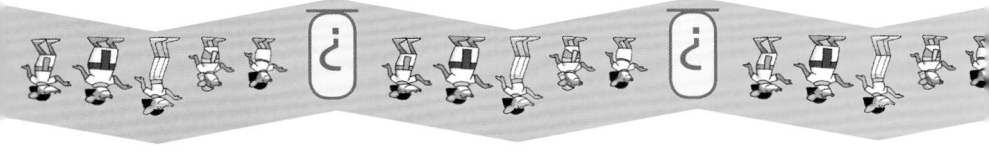

答案：

1. 2,000克　　2. 3副　　3. 59分鐘後

4. 水手沒必要爬上梯級，因為船會跟着水面一同上升。

5. 法老先把老鼠運到對岸，接着空手回來，把貓運到對岸，然後帶上老鼠送回原處，再把乳酪運到對岸。貓不吃乳酪，所以兩者不用隔離。最後，空手回到原處，把老鼠送到對岸。

6. (84+30)　　7. 3分鐘　　8. 黑色圓環　　9. 一樣長　　10. 一樣大　　11. 一樣長

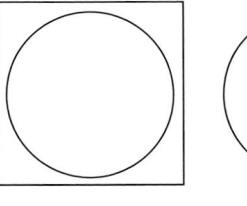

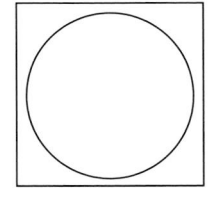

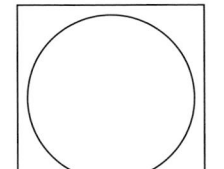

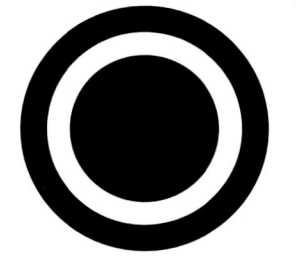

金字塔的秘密

　　彼拉米迪昂激動地抱住我們：「謝謝！非常非常非常感謝，我怎麼才能回報你們？你們提出任何的要求我都會盡量滿足！」

　　伏特教授把手爪放在他的肩膀上：「親愛的彼拉米迪昂，我們很**榮幸**能夠幫助你！」

　　賴皮小聲說道：「教授，你可以問問他，金字塔是怎樣建成的！」

　　伏特教授清了清嗓子，說：「呃，不過的確有一事相求：親愛的彼拉米迪昂，要是你能滿足一下我作為學者的**好奇心**，我將非常感激……」

　　這位維齊爾捋了捋鬍鬚：「你說你說你說！」

　　「呃，是這樣的，我們想知道**金字塔**是怎樣建成的……」

　　彼拉米迪昂嘻嘻笑起來：「非常非常非常

獅身人面像

　　這是一座世界聞名的雄偉雕像，又稱斯芬克斯像。它有獅子的身體、人類的臉貌，是法老卡夫拉的象徵。獅身人面像長57米，高20米，是用一整塊石灰岩雕刻而成的。考古學家相信，獅身人面像最初是畫上了鮮明的顏色。在圖特摩斯四世和拿破崙時期，人們都曾對獅身人面像進行了修復。

有趣的問題！其實是法老胡夫下令修建了金字塔……」

　　菲偷偷地拍了一張漂亮的**照片**，照片的背景是**獅身人面像**，而伏特教授開始記筆記……

伏特教授的筆記

胡夫金字塔是**法老胡夫**下令修建的，他是古埃及第四王朝的第二任法老，生活在公元前約2,550年。

這座金字塔位於埃及開羅郊區的吉薩高原，原高146米，由於它的塔尖長年遭到風雨侵蝕，今現高度約138米。胡夫金字塔是現存最大、最高的金字塔，它在建造完成之後的三千八百多年裏，一直都是世界上最高的建築物，被列入世界文化遺產。附近還有一些較小金字塔羣，包括：法老卡夫拉金字塔、孟卡拉金字塔、王后金字塔羣和獅身人面像。

胡夫金字塔建造了20多年。

這座金字塔由整整2,300,000塊石磚建成。每塊石磚大約有2.5噸重。

金字塔上鋪着一層潔白光滑的石灰岩，頂端是金色的。

金字塔的每一面都是嚴格參照基點準確建造而成的。

幾十萬個男人組成的工程隊輪流工作。這些男人並不是奴隸，而是來自不同村莊的工人和農民。當時，參與金字塔的建造是一種莫大的榮耀！

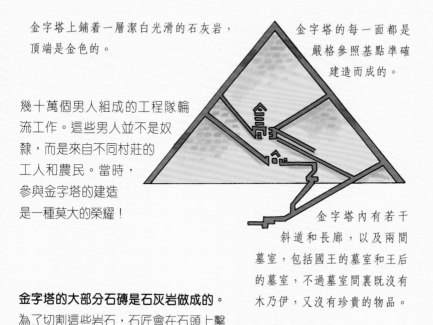

金字塔內有若干斜道和長廊，以及兩間墓室，包括國王的墓室和王后的墓室，不過墓室裏既沒有木乃伊，又沒有珍貴的物品。

金字塔的大部分石磚是石灰岩做成的。
為了切割這些岩石，石匠會在石頭上鑿出一些孔，將木楔穿入其中，然後澆上水。木楔吸水膨脹，將石頭按照設定好的樣子撐開。不過，有些石磚是堅硬的花崗岩做成的。石匠處理岩石的方法實在是太天才了，你們想想，他們使用的工具不過是銅或石頭做成的鑿子！

沒有人知道**金字塔**究竟是怎樣建成的。一種可能的說法是工人們通過特殊的滑動裝置拉動石磚（實際上在胡夫生活的年代人們根本不認識滑輪原理），再用繩子沿着斜面把這些石磚拉到應當插入的位置。

再次啟程！

　　我們向彼拉米迪昂表達了謝意，他給我們提供的信息實在是太**寶貴**了。伏特教授握了握他的手爪，激動地說道：「親愛的彼拉米迪昂，你為歷史考古界作出了巨大的貢獻！」

　　彼拉米迪昂不好意思地回答：「你不必客氣，親愛的朋友！為你們介紹我們的**民族**在建築和藝術方面取得的成就，對我來說是一件樂事。」

　　我們告別了他，準備再次出發。伏特教授陶醉地說道：「阿拉伯人有句古話：我們畏懼時間，而時間畏懼金字塔！古埃及金字塔是古代**世界七大奇跡**中唯一留存至今的⋯⋯我想，在**時光機**的幫助下，我們甚至可以去看看其他消失的古代世界奇跡！」

車 車 車 車 車

轟 轟 轟 轟 轟 轟 ！！！！！

時光機開始震動，轉得越來越快……越來越快，轉得越來越快

穿越時空旅行 穿越時空旅行 穿越時空旅行 穿越時空旅行 穿越時空旅行 穿越時空旅行 穿越時空旅行 穿越時空旅行 穿越時空旅行 穿越時空旅行 穿越時空旅行 穿越時空旅行 穿越時空旅行 穿越時空旅行 穿越時空旅行 穿越時空旅行 穿越時空旅行 穿越時空旅行 穿越時空旅行 穿越時空旅行

?

護身符：具有魔力的物品。

考古學：通過歷史古跡、殘留的文獻資料，來研究古代文明的學科。

埃及學：研究古埃及文明的學科。

卡：生命力的象徵，宇宙中普遍存在的能量形式。無論是星星、植物，還是動物，它們都含有「卡」。與之相反，「巴」代表的是每個人的靈魂。軀體是「卡」和「巴」的居所。古埃及人將死者製成木乃伊，就是為了保證這個居所的完整性。

《死者之書》：如果想順利抵達冥界，死者需要踏上一段漫長的旅程。為了幫助死者完成這場旅程，祭司們常常把寫有咒語和禱文的莎草紙卷留在墓穴中，這些紙卷正是《死者之書》。

馬斯塔巴：古埃及平頂金字塔式的墓葬建築。

計量單位：長度單位是「腕尺（cubito）」，一腕尺約合52厘米。容量單位是「哈特（hekat）」和「荷恩（hin）」，一哈特約有4.5升，一荷恩約有0.5升。銅環、金子、銀子當作貨幣使用，貨幣的單位是「德本（deben）」。

墓地：埋葬、敬奉死者的地方。

方尖碑：起裝飾作用的建築，由一條長而細的尖頂石頭做成，上面刻有銘文。方尖碑是太陽的象徵，通常高達20至30米。

紙莎草：原產古埃及的草本植物，高度從2米到5米不等。紙莎草纖維可以用來做船，它去掉殼的莖部可以用來做書寫用紙。

金字塔：在第四、第五王朝法老（胡夫、卡夫拉、孟卡拉）的統治時期，金字塔盛行一時。和古埃及金字塔類似的建築還有古代蘇美爾人建造的金字形神塔，以及前哥倫布時期瑪雅人、阿茲特克人、印加人建造的金字塔。

圖坦卡蒙：古埃及第十八王朝的法老。他從公元前1,347年開始統治古埃及，恢復了對阿蒙神的敬拜，去世時年僅18歲。公元前1,922年，霍華德·卡特和第五代卡那封伯爵喬治·赫伯特，在底比斯的帝王谷發現了圖坦卡蒙完好無損的陵墓。

帝王谷：位於尼羅河左岸、古代底比斯（也就是今天的盧克索和凱爾奈克）對面的地區。在這裏，人們找到了第十八、十九、第二十王朝法老的陵墓。王后谷離帝王谷很近，妮菲塔莉的陵墓就在王后谷中。

古埃及之最

最古老的金字塔……

左塞爾金字塔位於撒哈拉沙漠，高達62米，是距今4,630年前法老左塞爾下令修建的。

最古老的方尖碑……

是法老辛努塞爾特一世為慶祝他的國王加冕而建造的。在公元前1,750年下令修建，它仍然聳立在最初的位置，也就是開羅附近希利奧坡里太陽城神廟遺址前。這塊方尖碑高20.7米，重121噸。

方尖碑一般以整塊的花崗岩雕成，重達幾百噸，它的四面均刻有象形文字。同時，方尖碑也是埃及帝國權力的象徵。

最大的方尖碑……

是圖特摩斯三世方尖碑，高達32.81米。公元前357年，這座方尖碑被人從底比斯掠走。1588年，這座方尖碑來到了羅馬拉特朗宮的聖約翰廣場上。

最古老的古埃及象形文字……

於1999年在阿拜多斯被人發現。阿拜多斯位於開羅南部480公里處。人們認為這個象形文字出現在公元前3,400年至公元前3,200年之間。

你喜歡古埃及的
什麼事物？

1 金字塔 ....

2 木乃伊 ....

3 ....

4 ....

5 ....

6 ....

7 ....

8 ....

9 ....

10 ....

古埃及曆法

在古埃及，一年有365天，分為三個季節，每個季節有四個月：

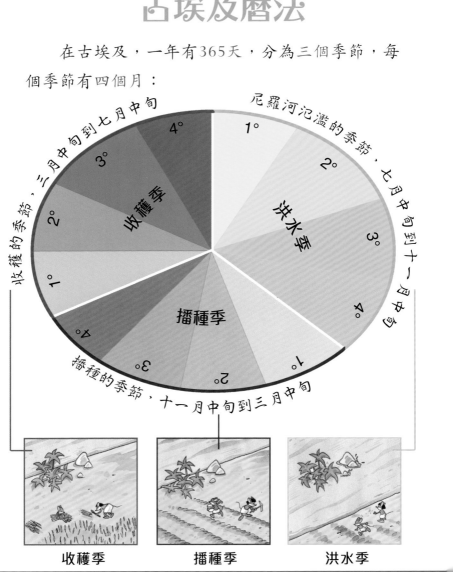

尼羅河氾濫的季節，七月中旬到十一月中旬

洪水季

1° 2° 3° 4°

播種季

1° 2° 3° 4°

播種的季節，十一月中旬到三月中旬

收穫季

1° 2° 3° 4°

收穫的季節，三月中旬到七月中旬

收穫季　　　播種季　　　洪水季

每個月有30天，每10天為一個星期。

古埃及人的新年定於每年的7月19日，也就是尼羅河水開始上漲的那天。

新年前的5天用來紀念以下神靈的出生：

伊西斯
婦女、自然的守護神

荷魯斯
法老的守護神

奈芙蒂斯
死者的守護神

奧西里斯
冥王

賽特
沙漠之神

假如你是一位發明家，請你試試設計出
一些陷阱和圈套，防止盜墓賊進入法老的陵
墓，並在下面空白的位置畫出來。

這樣盜墓賊就不能進來啦！

金字塔的照明裝置

古埃及人把青銅板擺放在金字塔主要長廊的入口處。青銅板反射陽光，照亮了整座金字塔。將這些青銅板按照特定的角度擺放好，光線可以從第一塊板子反射到長廊盡頭的第二塊板子上，然後再反射到第三塊板子上，如此類推。通過這樣的辦法，連最隱蔽、最黑暗的房間都會被照亮。

彩沙瓶

古埃及人生活在沙漠地區，常常遇上風沙。其實沙子也可以用於藝術創作呢。小朋友，你也可以試試收集沙子來做一個彩沙瓶吧！

1個果汁瓶
3個膠杯
1把勺子
1個漏斗
沙子
三種不同顏色的顏料

所需材料

1. 取來空的果汁瓶，洗乾淨後晾乾。

2. 在三個膠杯中分別加入三種顏料，並加入少量水稀釋。

3. 在每個膠杯中加入少量的沙子，攪拌均勻後放在暖氣上乾燥一整天。

4. 完全着色後，使用漏斗將沙子一層層倒入果汁瓶，讓不同的顏色間隔開，看起來五顏六色。

一個色彩繽紛的彩沙瓶就完成了！

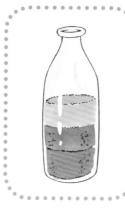

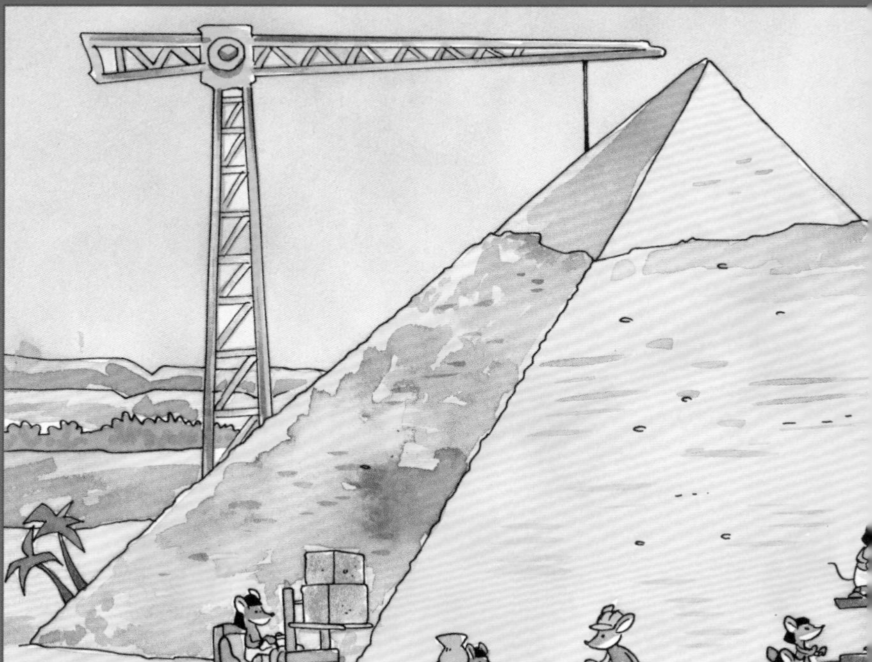

答案：起重機、鏟車、電腦、大型貨車、工地電鑽、混凝土攪拌車。

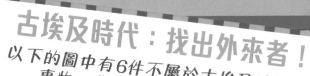

古埃及計算題

請你幫助古埃及的建築師測量一下這座金字塔，計算出下面的圖案是由多少個三角形組成的……

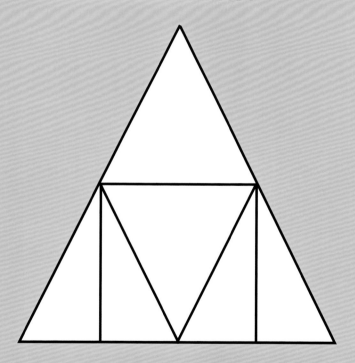

圖6：答案

親愛的鼠迷朋友們，
你們喜歡讀穿越時空旅行的
冒險故事嗎？
⋯⋯接下來的冒險同樣精彩，
我以史提頓家族的名義發誓！
請大家期待我下一本新書吧！

謝利連摩・史提頓！

奇鼠歷險記

與謝利連摩一起展開
視覺及嗅覺並重的冒險之旅！

這是一套獨有多種氣味及用上魔法墨水隱藏
秘密的歷險故事書。

翻開本系列書，你會聞到各種香味
或臭味……還可能會有魔法墨
水把秘密隱藏起
來！現在就和謝
利連摩一起經歷
既驚險又神奇的
旅程吧！

① 漫遊夢想國

② 追尋幸福之旅

③ 尋找失蹤的皇后

④ 龍族的騎士

⑤ 仙女歌雅不見了

⑥ 深海水晶騎士

⑦ 追尋夢想國珍寶

⑧ 女巫的時間魔咒

⑨ 水晶宮的魔法寶物

⑩ 勇戰飛天海盜

⑪ 光明守護者傳說

勇士回歸（大長篇1）

失落的魔戒（大長篇2）

Geronimo Stilton
星際太空鼠

太空鼠出航，
探索宇宙新世界！

① 果凍侵略者　② 極地星拯救任務　③ 太空足球錦標賽　④ 星際舞會魔法夜　⑤ 恐龍星歷險記

⑥ 水之星探秘　⑦ 史提頓大戰貪吃怪　⑧ 智能叛變危機　⑨ 非常太空任務　⑩ 穿越黑洞之旅

①密室裏的神秘字符

②徽章的秘密

③勇闖古迷宮

④歌劇院的密室地圖

⑤長城下的秘密寶藏

⑥紐約連環縱火案之謎

⑦隱形的冰川寶藏

⑧月球探索之旅

神奇的冒險旅行
閃耀的友誼旅程